Loredana Frescura

La voce di noi due

romanzo

FANUCCI EDITORE

Di Loredana Frescura e Marco Tomatis abbiamo pubblicato:

Il mondo nei tuoi occhi
Un anno dopo, l'amore

Di Loredana Frescura:

Elogio alla bruttezza

Prima edizione: ottobre 2007
Prima ristampa: dicembre 2007

via delle Fornaci, 66 – 00165 Roma
tel. 06.39366384 – fax 06.6382998
Indirizzo internet: ragazzi.fanucci.it

Stampato in Italia – Printed in Italy

Progetto grafico: Grafica Effe

Loredana Frescura

La voce di noi due

Si festeggia

C'è una cosa che non mi sarei mai aspettato di provare la mattina del mio diciottesimo compleanno. Mi sento esattamente come ieri. E mi viene da sorridere. Sogno questo giorno da almeno tre anni. La maggiore età. L'indipendenza. La possibilità della patente. La possibilità di firmare da solo le giustificazioni delle assenze da scuola. La possibilità di tornare o non tornare la notte. La possibilità di fare quello che voglio. Magari il modello o l'attore.

Metto la testa sotto il cuscino. Che stupido. Che grande stupido. Sono il Polifemo degli stupidi.

La porta si apre piano e non del tutto. La testa di mio padre che mi cerca. Dall'angolo del cuscino che non mi sommerge lo guardo. Potrei far finta di dormire e rimandare la fase degli auguri a stasera. Sta andando al lavoro. Sarei proprio bastardo se lo facessi.

«Ehi pa'... 'giorno.»

«Ah, sei lì? Pensavo fossi entrato nel materasso. Sveglio?»

«Da poco.»

Sbadiglio e mi metto a sedere. Si avvicina e sorride.

Non si siede sul letto. Quando ero piccolo lo faceva. Tirava via il cuscino da sotto la mia testa e ci si aggiustava, e poi diceva 'così ti vedo da sopra, un altro punto di vista'.

«Vado al lavoro. Mi dispiace, oggi doppio turno, non possiamo neppure vederci. Comunque...» Apre le braccia e mi copre con il suo corpo ossuto. «Buon compleanno.»

Lascia una busta mentre si alza. E mentre si alza sento il profumo del dopobarba, quello che gli ho regalato a Natale. È pure un po' commosso. Lo sono anche io.

«Ehi, papà.»

La voce mi esce impastata, e non è solo il sonno che non se n'è ancora andato.

Si volta e lo vedo già stanco. Sta già nel doppio turno. Sta già a pensare alla riunione del sindacato, al fatto che la ditta è stata più volte lì per lì per dichiarare bancarotta e ci sono duecento operai con le famiglie, almeno la metà ha un mutuo da pagare e uno o due figli. Sta lì a pensare che questo modo di produrre non va, che ci vuole altro, che non è più possibile essere sempre competitivi, sempre al massimo, che la politica va modificata, che non siamo più in grado di sopportare tutto producendo di più. Sono i discorsi che fa con mamma e che cerca di fare con me.

Una volta l'ho sentito anche dire che vorrebbe tanto un governo di filosofi, poeti, matematici, fisici, medici, letterati. Persone la cui mente è più libera dalle tentazioni del potere economico. Chi conosce davvero le cose sa che la più grande perdita di tempo è il possedere sempre di più.

Ci ho pensato un po' su. Be', certo un Einstein al governo non sarebbe male; vederlo entrare in Senato con la maglietta con il disegno di Paperino, senza calzini e con sottobraccio i libri dai quali sbucano banconote che tengono il segno delle pagine sarebbe una vera esperienza.

Sorrido. Forse non è così fantascientifico. «Domenica andiamo a pescare. Se ti va.»

Scrolla il capo. «Lo so che non ti piace la pesca. No, domenica andiamo a trovare il nonno. Devi esserci anche tu, diciamo che sarà il primo incarico da maggiorenne.»

Se ne va. Il primo pensiero è per Marcella. Addio domenica insieme. Forse potremmo vederci la sera.

Il secondo pensiero è per il nonno. Sono circa due mesi che non lo vedo. L'ultima volta si lamentava di dolori a un ginocchio, però sembrava in forma. La voce del comando, così lo chiama la nonna. Lui dice che la nonna sente voci dappertutto. Un po' è vero. Recita frasi di santi che hanno detto questo e quello un po' su tutto. Una delle sue preferite è quella di S. Agostino: 'fai il male e ricordalo, fai il bene e dimenticalo'. Il nonno è un uomo abituato ad avere tutto sotto controllo, papà deve averne sofferto. Più di tutto per la storia del casolare.

Il casolare è stato la causa della sua rottura con lui. È storia di famiglia, ma io ne sono venuto a conoscenza solo un paio di anni fa. Dopo il diploma chiese al nonno di vendere la casa al mare che nessuno usava e di utilizzare i soldi per l'acquisto di un casolare in collina dove progettare un agriturismo. Mio padre si era diplomato come perito agrario e questo era ciò che desiderava di più, ma non aveva i soldi per affrontare un progetto del genere. Il nonno nicchiò. Non disse proprio di no, disse 'vedremo'... 'forse'... 'adesso non è il momento'... 'intanto trovati un lavoro'. Mio padre trovò il lavoro in una fabbrica di mobili e non parlò più al nonno della casa al mare e dei suoi sogni.

Credo fosse stato ferito nell'orgoglio. Una ferita tale che è stato difficile rimarginarla perché riguardava un progetto per una vita sognata.

Apro la busta e vedo il verde di due banconote da 100 euro. Accidenti. C'è anche un biglietto. Alzo la tapparella per vederci meglio.

> Con le parole io non ci so fare. Non avrei mai desiderato un figlio diverso da te.
> Non mi somigli e non mi importa. Io non sono perfetto e ho fatto molti errori. Tu non sei perfetto e devi ricordare che puoi fare errori. Non scoraggiarti. Che io ci sia o non ci sia, tu sappi che vorrei esserci.
> Auguri.
> (I 200 euro sono un acconto per la patente, mi ha detto mamma che ci tieni tanto, ma puoi farci ciò che vuoi).
> Papà

Uhmm. Un nodo alla gola. Un bel cappio alla gola. Lo so che non si dice, ma fa lo stesso. Scivolo sul letto. Ancora cinque minuti. Prendo il cellulare. Un messaggio. Un messaggio per mio padre.

Digito d'istinto.

'Grazie papà. Buon lavoro.'

Che cavolo di messaggio. Cancello. Guardo il soffitto. Una piccola ragnatela in un angolo. Niente altro. Non mi viene altro. Cavolo. Io e mio padre abbiamo sempre avuto problemi di comunicazione. O forse un modo diverso di voler vivere. Mi hanno sempre definito un bello, e ho scoperto fin da subito che ai belli vanno le cose belle, come per attrazione, come una giusta conseguenza. Non mi sono mai chiesto il significato di 'bello'. Non spesso, e comunque la risposta era sempre a metà. Il fratello di Marcella, Massimiliano, e poi tutti i suoi amici, li ho subito riconosciuti come simili a me. Sempre perfetti, sempre alla ricerca del meglio in tutto, sempre con le cose migliori addosso e intorno. Mi sembravano gli unici che potessero capire.

Quando ho conosciuto Marcella ho cominciato a sentire. Sentire che qualcosa non andava, e continuo a sentire che qualcosa dentro di me ha voglia di scappare mentre un'altra parte ha voglia di rimanere. Poi c'è una parte che ama tanto Marcella, la quale si definisce 'brutta totale'. È questo che mi ha dato da pensare parecchio. Io non l'ho mai trovata brutta, né totale né stratotale, come dice lei. L'ho vista una sera in discoteca, quasi due anni fa, e ho pensato che era bellissima.

«Ehi, Roberto... Buon compleanno.»

Mia madre con la camicia a fiori e un profumo nuovo. Sembra sandalo. Cos'è, faccio finta di riconoscere i profumi? Nah... è che ho visto in bagno una bottiglietta di profumo con scritto in rosso il tipo di essenza. Sorride. Si siede sul letto e si avvicina per baciarmi. Il profumo è più intenso.

«Tuo fratello ancora dorme, credo abbia un po' di febbre. Ma tu, vuoi festeggiare non andando a scuola stamattina?»

Dalla porta aperta entrano gli odori della cucina.

«Hai preparato le crostate di cioccolato? Mi verrà un milione di brufoli.»

Allontana la testa e mi guarda. Rido e lei ride insieme a me. Mi getta un cuscino e sogghigna.

«Ho lasciato perdere il biologico, per oggi. Il sempre bello con la maschera contro i brufoli. Eh, Roberto? Ti ricordi?»

Be', non lo confesserei neppure a un condannato a morte che vuole l'ultimo sorriso. Ma in passato l'ho fatto. Qualche volta ho preso il tubo di crema di mia madre dove c'è scritto 'pelle levigata per tutta la giornata' e ho seguito attentamente le istruzioni. Una volta mamma mi ha beccato con quella cosa azzurrognola in faccia e ha fatto finta di esserne rimasta terrorizzata.

«Dài, mamma, no.»

«Ah, i ricordi che non ti piacciono meglio eliminarli, vero? Dài, esci da lì e vieni a festeggiare con me. Io e te soli e le crostate.»

Ha ragione sui ricordi. Anche quelli recenti. Vorrei eliminarli. Ieri all'uscita dalla scuola ho affrontato Giacomo e Mirko. Che stronzate state facendo con quel cellulare?

All'inizio hanno ridacchiato e hanno detto che era roba così, tanto per divertirsi un po'. Poi Mirko ci è andato pesante. Sarai mica finocchio? Lo fanno tutti, e poi le ragazze ci stanno, mica nessuno le obbliga. Anzi, alcune li fanno da sole, diciamo per promuoversi, e poi li inviano. Se non ti va, cancelli. Non c'è bisogno di far casino.

Giacomo era già in sella al motorino quando ha aggiunto: «Non la fare tanto lunga, è una cosa da niente.»

Non ho avuto tempo di replicare. A dir la verità, più che il tempo mi sono mancati gli argomenti. Sentivo il disagio. Sentivo che stavano dicendo stronzate, ma il coraggio di infilare due frasi non è arrivato.

Li ho visti andare via, i caschi calati e una complicità che per un attimo ho invidiato. Sono rimasto fuori dal cancello, sotto un tiglio, a sentirmi stupido e a sentirmi lontano. A sentirmi solo.

Ma mia madre ha ragione. Oggi festeggio. Diciotto anni, diciotto estati, inverni, diciotto torte di compleanno, diciotto volte in cui la nonna ha ripetuto la stessa frase: 'ormai sei diventato grande e io invecchio', diciotto primavere, diciotto autunni. Festeggio il saluto di mio padre e mia madre con le crostate non biologiche, mio fratello che dorme e che sicuramente mi avrà preparato un disegno con i supereroi. Festeggio questo giorno in cui bacerò Marcella e sentirò di nuovo l'Africa, la sentirò vicina come vicina sento la paura e l'esaltazione del crescere e del diventare grande con i pensieri che vanno più lontani, come orizzonti che scopri da una vetta all'altra, e festeggio la mia quasi patente e gli amici che stasera vedrò in pizzeria. Festeggio anche il prof. Federici e festeggio il mio cellulare svuotato dall'inquietudine. Festeggio me. Chi altri oggi se lo merita?

Meno male. Un messaggio di Marcella.

'Auguri, amore. È un giorno fantastico. Ci sei tu.'

Sarà così. Indimenticabile. Lo so. E al diavolo tutto il resto.

Solo con te

'...io sto solo mostrandovi un ritratto
di quello che sta succedendo da qualche tempo qua attorno,
tuttavia non riesco a capire
cosa stia realmente accadendo...'
Bob Dylan

Mi metto una gonna. Corta. Non troppo. Ma sì. Corta. Ce l'ho. Una nera, stretta ma non troppo. E mi trucco. Nooo. Ma sì, un po'.

Guardo sulla sedia il pacchetto. Gongolo. Che parola strana. Uno dei sette nani. Gli altri come si chiamavano? Chisseneimporta. Chissà come ci rimane Roberto quando apre il pacchetto e vede.

Sto dando di matto. Sono emozionata. Lui ha diciotto anni. È maggiorenne. È grande. È bello. Bellissimo. E sta con me. Mi guardo allo specchio. Mi viene l'ansia. Come fa a stare con me?

Caccio via tutto. Sono quasi le otto. Conto i messaggi che mi ha mandato oggi. Sei. Li rileggo. Uno a uno. L'ultimo: 'Solo con te'. Stringo il cellulare al petto e mando un bacio al display. Sono proprio andata. Sono tanto felice. Cerco di pettinare i capelli. Non ci riesco. Rido e li aggiusto con le mani.

Lucidalabbra. Lo tolgo. Lo rimetto. Controllo la crescita dei peli sulle gambe. Accettabile. Controllo l'odore sotto le ascelle. Buono. Aggiungo un po' di profumo sul collo. Okay.

«Ciao, ma'... io esco.»

«E dove vai?»

Non è mamma a chiedere. È Massimiliano.

Sembra uno zombie; gli occhi rossi e i capelli arruffati, una t-shirt che gli esce fuori dai pantaloni.

«Vado in pizzeria da Marisa. È il compleanno di Roberto.»

Fa un cenno come per cacciare una mosca e apre lo sportello del frigo. «Fai sul serio, con quello.»

Mi fermo sulla porta. Mi sento a disagio. «Io vado, altrimenti perdo l'autobus.»

Mamma lascia un attimo i fornelli e viene a darmi un bacio. «Non tornare tardi. E niente motorini, okay?»

«Ma figurati, sono cinquecento metri. Non preoccuparti. Torno a piedi insieme a Giorgia e ad altri.»

Mamma mi sorride e continua con la preparazione della cena. L'odore è quello di un ragù.

«Mi pare che fai proprio sul serio.»

E che succede? Mamma si astiene dalle prediche e prende mano mio fratello.

«Vado solo a mangiare una pizza. È un compleanno.»

«Un diciottesimo.»

Sembra che il diciotto sia un numero magico. Una specie di anno zero. Prima e dopo i diciotto. AD: avanti i diciotto, DD: dopo i diciotto.

«Eh, sì! Quello che avrò anch'io fra meno di dieci mesi.»

«Già. Appunto.»

E va bene, ho capito dove vuole andare a parare, ma non gli do soddisfazione. Sorrido e prendo le chiavi di casa. Arrivata al portone mi giro e trovo i suoi occhi su di me. Ha deciso di fare il fratello maggiore sul serio. Fino a poco tempo fa mi ignorava quasi. E poi che vuole da me? Cecilia viene a casa nostra più o meno due volte al giorno. Se ne vanno in camera di mio fratello e chiudono la porta. Sento lo stereo che va, ma non mi intrometto mai. Non faccio finta che sia scoppiato un incendio o che ci sia una perdita d'acqua. Anche lui ha una ragazza. E che ragazza! Quando Cecilia cammina per strada io controllo: un maschio su due si gira a guardarla. Metà della popolazione maschile è una buona percentuale... L'altra metà credo abbia qualche problema di vista o sia al seguito di qualche femmina attenta e gelosa. Anch'io sono attenta quando passeggio con Roberto. Attenta a ciò che lui guarda. Attenta a chi lo guarda. Ci sono ragazze che senza voltare la testa, spostano gli occhi. A loro auguro sempre un improvviso strabismo. E che non sia affascinante come quello di Venere. In genere Roberto osserva le automobili. Non è un appassionato, ma ne vorrebbe tanto una. Usata. A volte dentro le automobili che osserva ci sono ragazze con il piercing al naso, le braccia affusolate, i capelli morbidi. Gli faccio sempre notare che sono usate anche loro, e comunque non sono incluse nel prezzo. Lui allora sorride e mi guarda con un punto interrogativo stampato in faccia. Io adoro quel punto interrogativo. Il fatto che non capisca mi rassicura, mi fa sentire meglio. Sempre in cerca di conferme. Quando finirà? Quando mi sentirò tranquilla di me, gioiosa di me, contenta di me? Forse mai. Mi spavento.

Mio fratello, il bello tra i belli, che si viene a occupare di me. Alle soglie dei diciotto anni. Be', non mi dà fastidio. Immagino che pensi che forse ho superato la fase dei baci e delle carezze. Mi viene di nuovo l'ansia. E lui ora mi fa perdere tempo. Affronto le scale, l'autobus arriva e riesco a salire. Nella borsa ho il mio regalo per Roberto. Mi tiene compagnia. Mi sento un po' ridicola. Forse non dovrei davanti agli altri. Poi penso a chi sono gli altri. Giorgia, Giacomo e Mirko, che sono pure compagni di classe di Roberto. Mi rilasso. Non mi prenderanno in giro. E poi chi se ne importa? Ci ho pensato tanto. Un regalo per un compleanno importante. E così...

Davanti alla pizzeria ci sono molti motorini parcheggiati. È una serata fresca, ma con le stelle e una luna quasi arancione. Il buio è stato sconfitto da una decina di lampioni e da due cartelli luminosi che cercano di invitare a entrare con disegni di pizze e di bibite.

Non sono in ritardo. Giorgia è sulla porta che aspetta insieme a Roberto. Lo vedo e sento una specie di formicolio in tutto il corpo. È proprio bellissimo. Ha una maglietta aderente e un paio di jeans, ha tagliato i capelli, ma sul collo scende ancora qualche ciocca.

Appena mi vede mi corre incontro e mi bacia. Compare una rosa bianca tra le sue mani. Ride. Buon compleanno, amore. Che sei bellissimo. Veramente i regali dovresti riceverli tu, stasera.

Mi sussurra qualcosa all'orecchio, ma io non riesco a dare successione ordinata ai suoni. Rimango ferma. Poi vedo Giorgia al palo.

Entriamo e a un tavolo d'angolo con la tovaglia blu ci sono Giacomo e Mirko già seduti. Sembrano annoiati. Anzi, sembrano stralunati. Strano, sono i suoi amici. Quelli con cui ha fatto le scuole medie e che vivono nel palazzo di fronte al suo.

Bah, deve essere una serata no. Giorgia si siede accanto a me e dice che sembro dimagrita.

È il nero, rispondo contenta. Ho imparato un po' di cose ascoltando in giro. Spizzicando qua e là. Del tipo che il monocolore rende più snelli. La ciccia rimane al suo posto, però fai un bell'effetto, soprattutto a te, quando ti guardi allo specchio. Insomma, certe volte mi piace mettermi nel cassetto del travestimento e provare a sorridere di gusto per quello che riesco a ottenere.

La serata comincia ed è semplice e fantastica e gioiosa. Roberto ogni tanto mi tocca i capelli o una mano o mi sfiora il ginocchio. E io sento piccole scosse elettriche dappertutto. La pizza, la Coca-Cola, il profiterol. Le solite cose. Eppure tutto sembra più gustoso, il sapore amplificato.

Guardo Roberto e mi perdo nel suo profilo perfetto. Quasi due anni che ci conosciamo. Gli rubai un bacio a una festa. Ero travestita da dama e lui non poteva sapere che fossi io. Quel bacio lo tengo ancora. Lo serbo. Lui dice che già era innamorato di me e che ha baciato la dama perché sapeva che ero io. Non ci crederò mai, ma faccio finta di crederlo perché non mi importa, in fondo. Il bacio l'ho preso io, e questo è il fatto reale.

Lui che apparteneva alla casta dei perfetti, gli amici di mio fratello che facevano girare la gente per strada. Maschi e femmine. Stavano perennemente in vetrina e si nutrivano di gel, lampade e creme.

L'ho pure detestato.

Ma ora so chi è. E lo amo.

La cena finisce abbastanza in fretta. Il cameriere porta il conto e Roberto si alza a pagare. Giacomo e Mirko sorridono. Però sembra tutto forzato. Non capisco. Ringraziano e se ne vanno. Anche Giorgia mi saluta. Sua madre è fuori che l'aspetta. Finalmente.

Usciamo all'aperto anche noi. Svaniscono gli odori della cucina di Marisa e svaniscono un sacco di cose. Vicino a una magnolia mi circonda i fianchi e mi bacia. Con passione. Vorrei dargli il mio regalo. Però questa cosa è più importante. Lo sento così vicino da immaginarlo dentro di me. Solo con te. Solo con te. Si irrigidisce all'improvviso. Mi prende per le spalle e mi allontana di qualche centimetro. Sento l'assenza. Forse è questo l'amore. Sentire le assenze. Gustare le presenze.

«Non ne abbiamo mai parlato bene.»

Lo guardo, gli occhi sono profondi. Arrivano e toccano una o due stelle.

«Di cosa?»

«Be', io vorrei.»

Capisco bene cosa. Anch'io. Vorrei. Tanto. Tantissimo. Con l'immenso. Con tutto il cuore. Vorrei. Sto zitta. Passa un motorino sgassando. Rumore che non sento.

«Capisco, non è il momento.»

Non lo dice con un sospiro rassegnato. Non lo dice neppure infastidito. Come dato di fatto. Reale. È questo che mi restituisce le parole rubate dai pensieri che si accavallano come onde su onde su onde.

«Vorrei anch'io. Anzi voglio. Solo con te.»

Mi abbraccia e sento la sua testa posarsi sopra la mia spalla. Sento il suo odore mischiato all'odore di frittura che ci ha regalato la pizzeria Marisa. Sento le sue gambe addosso alle mie.

«Un posto. Ci vuole un posto. Speciale.»

«Un posto qualsiasi. Normale. Tu fai diventare le cose speciali.»

Marcella che tira fuori una frase del genere. Mi stupisco di averla detta. Eppure l'ho detta. La penso. Lui è felice che io l'abbia detta. Sono felice anch'io.

Si guarda intorno. Attento.

Mi vengono in mente alcune frasi che ho letto sul sesso su una rivista per ragazze rubata a Giorgia.

'Mi ha deluso, non ho raggiunto il piacere però non ho detto nulla... È stato terribile, in automobile con l'asta del cambio contro una coscia... Farlo non mi ha dato niente. Non mi ha tolto niente... È stato piacevole, una sensazione di caldo e di sorpresa... Chissà se gli sarò piaciuta? Ce l'ho messa tutta per dargli piacere.'

Avevo allontanato un po' il giornale da me. Avevo anche ridacchiato e pensato che erano commenti inventati ad arte. Non ho letto le risposte della psicologa di turno, e ora me ne pento amaramente.

Vorrei sapere come si fa. Vorrei non avere questa ansia.

Roberto ha in mano le chiavi del motorino. «Dài, vieni, lo troviamo un posto speciale.»

Sotto la sella ha un casco per me. Andiamo. Non fa freddo. Sto abbracciata a lui e penso quante volte l'ha già fatto. Una, due, forse dieci. Qualcosa mangia il mio stomaco. Non deve importarmi, me lo dico una, due, dieci volte. Ora è con me. Solo con me. Non c'è molto traffico. Ci sono le stelle. A volte incontriamo pozze di aria più fredda e rabbrividisco e mi stringo di più. Lui lascia il manubrio per accarezzarmi la mano. La commozione sale dalle ginocchia fino a sfiorare gli occhi. Io non sono brutta. Anche se lui è bellissimo. E se poi anche lo fossi? Piaccio a lui. Lui mi tocca, mi fa sentire amata, desiderata. Solo con lui riesco a sentire tutte le cellule del mio corpo pronte, attente, vive e contente.

La strada diventa stretta. Profumo di acqua. Guardo i cartelli e capisco. Siamo al piccolo lago tra le colline fuori della città. Cavolo, abbiamo percorso già venti chilometri?

Come può il tempo ingannare così? Devo avvertire a casa che tornerò tardi. Spero che il cellulare non prenda troppo bene, così riattacco subito e non mi devo sentire troppo in colpa.

Accidenti. Il cellulare. L'ho dato a Giorgia quando sono andata nel bagno della pizzeria e non l'ho ripreso. Roberto ha rallentato. Dalla tasca della sua giacca sento vibrare. Okay, userò il suo. Una telefonata veloce mentre andiamo. Sollevo il casco e lo tolgo. Roberto si accorge e si gira a guardarmi. Gli sorrido beata. Come i beati beoti.

«Telefono a casa che faccio tardi.»

Annuisce e torna a guidare, a cercare il posto speciale. Il lago alla mia destra è nero e liscio.

Prendo il cellulare di Roberto e apro lo specchietto.

Messaggio da numero sconosciuto.

Digito il numero di casa mia. Il motorino prende una buca, il dito sbaglia a digitare e il messaggio si apre.

Non leggo. Vedo. Poi leggo.

'Quella con cui giocavi ieri più la sua faccia. Buon compleanno.'

Vedo di nuovo.

C'è una ragazza nuda sul display, sta seduta su una sedia che sembra di plastica, le gambe aperte e una mano che sorregge un seno come per porgerlo. Il viso è indistinto. I capelli scuri, lisci e corti sulle spalle. Il corpo piccolo e senza grasso, le cosce snelle. Gli occhi stretti. Stretti davanti a chi la fotografava. Lei è bellissima. Perfetta.

Rileggo. 'Quella con cui giocavi ieri più la sua...'

Non ce la faccio a leggere, e neppure a vedere. Il cellulare mi cade e il rumore non è forte, ma il motorino sbanda un po' lo stesso. Anche il casco mi cade dalla mano. Stavolta il motorino si ferma.

Roberto si toglie il casco ed ecco la magia. Non ci avrei mai creduto, e sì che ne ho lette di storie di trasformazioni. Un principe che diventa rospo, un re che diventa drago, un uomo che diventa diavolo. Roberto che diventa orrendo. Dagli occhi e dalle guance stanno strisciando vermi rosa ben pasciuti. Vermi con la testa quasi aguzza che scavano gallerie nella sua fronte.

«Cosa è successo? Ti sei fatta male?»

Vorrei rispondergli che non sono mai stata così bene.

Invece guardo a pochi passi nel buio un'automobile ferma e dentro due che si baciano, anzi si attorcigliano. L'automobile è una macchia scura che entra dentro gli occhi. Scendo dal motorino e quello si piega un po' per la mia assenza. Comincio a camminare nel buio, voltando le spalle al lago.

«Marcella. Dove vai? Amore...»

Sento le parole scivolare. Lo sento affannarsi con il motorino, mettere in moto. Il motore singhiozza. Io no. Ho il cuore lessato. Ne hanno fatto un brodo e si è lessato, il mio cuore. Corro. Veloce. Non inciampo. Ci sono automobili che vanno, e i fari illuminano la strada. Ci sono i demoni del lago che sono usciti dall'acqua e mi guidano.

Che cosa volevi?

Ce n'è pure uno che parla. Un demone che conosce l'italiano.

Cosa pretendevi? Solo perché sei dimagrita un paio di chili e hai reso un po' più morbidi i tuoi capelli, pensavi di essere diventata migliore? Pensavi di essere per lui? Ma ti sei guardata? Lo hai guardato?

Hai guardato le tue gambe tutte polpaccio, hai guardato la cellulite sulle tue cosce e hai guardato il tuo naso e la bocca? Ma ti vedi?

Mi accorgo di stare ansimando. Non solo io, anche il motorino che mi segue. Mi accorgo anche di stare graffiando l'aria. La ragazza nuda è nell'aria. La segno con le unghie sul viso e sulla pancia e sulle cosce aperte.

Lascio la strada e corro attraverso un campo. Le luci sono quelle delle stelle e di una luna che sembra arrivare a terra. Non c'è rumore, e neppure silenzio. Credo sia una civetta quella che sta chiamando. O piangendo. O sta magari assaporando una preda.

Mi accascio e sento il freddo della terra e guardo il nero e il blu del cielo che diventa più trasparente con le lacrime che scorrono e penso, pensiero di un attimo solo con te, che quello è il posto più speciale che io abbia mai visto per fare l'amore.

Quando la fortuna

«Quel cellulare non va?» Papà mi guarda appena e poi torna a fissare la strada.

«Credo abbia la batteria che ormai è andata.»

«Uhmm.»

È domenica. Andiamo dal nonno. Sono a pezzi. Sono il residuo di un rito sacrificale. Sono l'avanzo di demoni assetati e affamati.»

«Non stai bene, vero? Problemi?»

Alzo la testa dal display e guardo la strada che si snoda davanti. Il nonno abita vicino al mare a centoventi chilometri da noi. Ne abbiamo fatti solo venti. Cento chilometri si fanno in un'ora. In un'ora quanti sms posso mandare? Ne mando uno ogni dieci minuti. Quindi sei. Il mio cervello è in tilt.

«No, non ci sono problemi.» Rispondo con una voce che non è la mia. Mi sento uno schifo profondo. Voglio Marcella, voglio poterle parlare, voglio toccarla e baciarla. Mi manca talmente tanto che in certi momenti le parlo, le dico cose e mi accorgo di stare quasi accarezzando un muro o un palo dell'elettricità.

Con un po' di fortuna almeno domani dovrei incontrarla. Sono due giorni che non la vedo. Sono stato anche a casa sua. Sua madre molto gentile mi ha fatto entrare e accomodare in salotto. Ho avuto un tuffo al cuore nel vedere le foto di Marcella da piccola tra suo padre e sua madre con un costume di papere e sullo sfondo il mare. Ho visto ciò che lei vede tutti i giorni. Una stampa di *Le bagnanti*, un batik di donne che portano otri sulla testa con l'arancio di un sole che scoppia, ho toccato quello che lei tocca: cuscini colorati sul divano, sedie con la spalliera alta di legno pieno, e ho sentito quello che lei sente, la radio a tutto volume dell'inquilino del piano di sopra, l'odore dei tigli che si spinge dal viale e il rumore del traffico che rallenta all'incrocio.

Ero commosso e quasi ci credevo che lei mi avrebbe parlato. Invece sua madre è tornata pochi minuti dopo dicendo che Marcella non si sentiva troppo bene e non voleva vedermi. Mi ha sorriso come per incoraggiarmi, forse a insistere, ma ero troppo pieno delle cose che le appartenevano per capire.

Adesso mi darei martellate sulle dita per non aver accettato il caffè che mi offriva così da poter rimanere ancora.

Io devo dirglielo di persona che non è vero quello che lei pensa. L'altra notte è stata l'incubo più terrificante da che mi ricordo, paragonabile solo a quello che ho avuto verso i dodici anni di me che annegavo in un vortice e mi svegliavo bagnato di sudore con la voce che mancava e il respiro affannoso.

È così che mi sono sentito due notti fa.

Venti minuti. Crea messaggio: 'Io voglio te, solo con te'. Invia. Messaggio inviato.

Guardo il cellulare. L'unica cosa che mi tiene in contatto con lei, anche se non risponde. Questo coso rettangolare piccolo metà della mia mano è stato la causa di tutto. Lo odio. Lo detesto. Strumento pericoloso. Una specie di bomba tra le mani, nella tasca dei jeans, dentro uno zaino.

Strumento bellico. Mai considerato così prima. Le cose possono cambiare. Accidenti se è vero. Tutto può cambiare nel giro di una notte. Cosa volevo? Un compleanno indimenticabile. Bene, l'ho avuto.

«Non risponde?»

Mio padre ha un neo a forma di mezzaluna sullo zigomo destro. È la prima volta che lo noto. Vedo tutto amplificato. Vorrei rispondere, ma non ce la faccio. Manca una settantina di chilometri. La strada si fa bellissima tra le colline, se solo potessi godermela. Dentro mi rode qualcosa di sordo e di potente. Sono incazzato con Giacomo e Mirko, e non è bastato il calcio che ho assestato sui loro culi senza forma dentro i jeans calati fino ai fianchi. Non è bastato. Vorrei disintegrarli. Polverizzare il cellulare. E poi a dirla tutta ce l'ho pure con lei. Sì, con lei. Perché non mi ascolta? Perché non chiede spiegazioni? Perché non si fida? In questi due anni non ho mai pensato di uscire con qualche altra, anche se un paio me l'hanno chiesto. Ci ho riso sopra, e di Marta mi ero pure pentito, ma solo per meno di un attimo. Meno di un razzosecondo. E questo non è tradimento.

Quando ho visto che scappava mi sono preso una paura. Credevo fosse caduta o si fosse fatta male. Poi il motorino non partiva. È questo che fa cambiare le cose. La fortuna. La sfortuna. Lei era sparita e la paura era arrivata a bomba. Notte fonda, vicino al lago. Allora avevo pensato di chiamarla con il cellulare. Altra sorpresa. Nella tasca della giacca a vento non c'era. Mi sono messo a cercarlo, impazzito, e intanto la chiamavo e intanto spingevo il motorino. Un matto. A un certo punto ho sentito una portiera che si chiudeva con un tonfo. Ecco, ci siamo, mi fanno fuori. Invece una donna. Spaventata.

«Stai male?»

«Tanto, tantissimo. Mi faccia luce con i fari.»

L'uomo al volante neppure scende. Capisco al volo nonostante il rincoglionimento. Amanti clandestini. Lui sposato, lei forse libera. Lui stanco e stufo della solita vita, del lavoro, dei figli da mantenere, dei figli da capire, di una donna che non sa ascoltare. Scorciatoia. Un'amante. Lei che spera che un giorno vicino potrà magari passeggiare di pomeriggio in riva al lago tenendolo per mano.

I fari si accendono. Il motore dell'auto gira. Meno male. Venti metri, trenta, cinquanta. Il cellulare. Sportellino aperto. Batteria a un passo. Raccolgo tutto come in trance. La donna esce di nuovo dall'auto.

«Ti dobbiamo accompagnare?»

Do un calcio alla leva e anche questo motore gira. Il fanale illumina un pezzo di asfalto. Non guardo la donna. So però che è sollevata. Non deve impegnarsi con me. Può tornare a fare l'amante clandestina.

Oppure no, oppure ci spera che chieda aiuto. Spera che sia io il destino. Che sia io magari a far scoppiare lo scandalo così lui è costretto a dire alla moglie dell'altra e la moglie lo lascia e lei può passeggiare tenendolo per mano in riva al lago.

Fortuna o sfortuna. Dadi che rotolano sull'asfalto nero.

«Grazie, ora tutto è a posto.»

Lei se ne va. In silenzio. Tutto a posto un cavolo. Dov'è Marcella? E perché? Penso che forse si è pentita di quello che avevamo deciso di fare. Vabbe', ma diavolo, è questo il modo? Ne parliamo, dice no. Io dico okay, verrà il momento, quello giusto. Non c'è fretta, anche se ti desidero da morire, ma vabbe', desidero pure un'automobile e so che potrò averla solo tra molto. Non regge l'esempio, troppo pragmatico. Però vero. Però io voglio bene solo a te. Aspettiamo. Così va meglio. Intanto assemblo il cellulare e provo a chiamarla. Niente. Dodici squilli chissà dove. Spazio, tempo. Iperspazio. La paura è davvero all'apice. Provo di nuovo. Una voce assonnata.

«Chi è?»

«Marcella?»

«Cavolo, ma tu sei Roberto.»

«Dov'è Marcella?»

«Ma non è con te?»

«Dio, Giorgia, perché rispondi tu al cellulare di Marcella? E dove sei?»

«Sono a casa. Marcella lo ha dimenticato nella mia borsa. Ma cosa succede?»

La voce meno assonnata ha un tono allarmato.

«Niente. Niente. Siamo in discoteca e si è allontanata. Ho provato a chiamarla. Provo a vedere in bagno.»

«Siete in discoteca? Quale?»

«Al Dumbo. Ciao. Ora riattacco.»

«Ciao. Notte. Saluta Marcella. Sicuramente è in bagno. Quello delle femmine. Ah ah.»

Oddio. Ora che faccio? Tiro il motorino al margine della strada. Intorno ci sono solo campi. Un campeggio vuoto. Il lago. Cosa sarà successo? È caduta e io non me ne sono reso conto? Ma se così fosse l'avrei trovata sulla strada. Le possibilità più assurde entrano nel cervello, e diventa tutto possibile. Rapita dagli alieni. Risucchiata da un vortice di non materia. Prendo di nuovo il cellulare e controllo che funzioni. Messaggio ricevuto alle ore 23:03.

Apro e spero. Marcella.

Vedo. Mi sgonfio. Sono un pallone che butta fuori aria e che mette dentro rabbia. Quegli stupidi idioti. Comincio a chiamarla con tutta l'aria furiosa che è arrivata. Mi calmo. Rifletto. Ha visto la ragazza nuda e ha pensato. Oddio. Ha letto il messaggio e ha creduto... Dove sarà? Quanta strada avrà fatto? È trascorsa una mezz'ora. Correndo può aver fatto chilometri. O forse si è fermata. Qualcuno le ha dato un passaggio. Rabbrividisco. Mi decido. Vorrei essere morto, forse lo sarò tra poco, ma cerco il numero in rubrica e schiaccio il pulsante verde. Al terzo squillo risponde.

«Scusa, Massimiliano. Sono Roberto.»

«È successo qualcosa a mia sorella?»

Morto, vorrei esserlo davvero. Ma gli racconto tutto. Lui sta zitto. Troppo silenzio. È caduta la linea?

«Spiegami bene dove sei. Arrivo tra dieci minuti.»

La voce è profonda.

Penso che forse avrei fatto meglio a chiamare i carabinieri, o magari buttare a terra il motorino prenderlo a calci fino a romperlo e far finta di aver avuto un incidente. Far finta di aver preso una botta in testa e perso la memoria. Non riconoscere mia madre, mio fratello, il mio professore di tecnica. Sono fuori. Ho fatto la cosa giusta. Lui è suo fratello. È stato il mio mito per molto. Sempre al centro di ogni cosa, circondato da ragazze, da amici e da feste. Sempre con qualcosa di interessante da fare. Penso a come è cambiato. Al perché è cambiato. Lavoro, università, Cecilia. Li vedo spesso insieme, loro due che camminano vicini e magari mangiano un gelato o si tengono per mano. Vedo spesso lui che prende l'autobus per andare in facoltà. La testa sempre alta, ma adesso guarda qualcosa o qualcuno. Sembra contento di vedere. Sembra felice di far parte di quello che vede. Come se avesse un obiettivo, e quell'obiettivo non è solo suo, appartiene a molti. Forse questo è il segreto.

Arriva la Punto di Massimiliano. È con un amico. L'ho visto qualche volta. Uno più grande di lui. Sempre in compagnia di un cane. Di un bellissimo pastore tedesco. Infatti. Il cane non è al guinzaglio, eppure non si stacca dal piede del padrone.

«Lui è Fabio. Un amico. Fa parte della Protezione Civile. Lei è Luna. Il suo cane. È addestrata per le ricerche. È bravissima. Ha voluto accompagnarmi con lei.»

La paura adesso diventa un oggetto che posso toccare. Un oggetto freddo e tagliente che sa di lama.

Sento l'alito di Massimiliano sul viso. La voce preoccupata e gli occhi che mi accusano.

Ha ragione, è colpa mia.

Guardo il cane. Ha gli occhi attenti. Dolcissimi e quasi tristi. Vorrei pregarlo. Di ritrovare il mio amore. Di ritrovarla arrabbiata e sana. Incazzata e pronta a picchiare. Pronta a urlare tutte le parolacce del mondo.

Fabio fa domande. Ha la voce bassa e gentile. Le sue domande so che sono precise, ma si confondono ugualmente. Con pazienza le ripete. Li porto nel punto in cui mi sono fermato. Massimiliano cammina con una torcia in mano, vede qualcosa a terra e lo raccoglie. Il casco. Cavolo, come ho fatto a non vederlo. Il casco di Marcella. Vuoto allo stomaco. Non deve esserle successo nulla. Non può esserle capitato niente di male.

Fabio sorride quasi. Prende il casco e lo fa annusare al cane. Luna. È un nome bellissimo. Il cane lo fiuta come volesse mangiarlo.

Massimiliano mi prende per un braccio. So che vorrebbe staccarlo dal resto del corpo.

«Adesso vai a casa. Vai via.»
«No, voglio cercarla anch'io.»
«Ci pensiamo noi. È un ordine, capito? Vai via. Ti giuro che ti faccio sapere appena la troviamo. Sono sicuro che è qui vicino. Sono sicuro che non le hai fatto niente di male. Vero?»

Vorrei rispondere che non lo so, ma piuttosto che fare del male a lei mi taglierei la testa. Ma non dico niente. Il tono non ammette altro che obbedienza. Sono stanco. All'improvviso sento la stanchezza. È l'una e mezza. Mi lascio convincere. Vedo Fabio che accarezza il suo cane e si accovaccia vicino al suo muso. Lei lo lecca e poi prepara il corpo alla corsa.

Vorrei restare, ma so che non sarei utile a niente.

Venti chilometri. Altro messaggio. 'Non sono niente senza di te.' Invia. Messaggio inviato.

Alle tre di notte arriva il messaggio da numero 334... 'Trovata. Tutto bene. Sta bene. Grazie.'

Mi sento uno schifo. Perché non sono rimasto. Perché ho permesso a quei due di continuare con i loro stupidi giochi. Perché non ne ho parlato con Marcella. Perché la fortuna ha preferito qualcun altro a me?

Devo essere proprio brutto.

Ultimi venti chilometri. 'Amore, io e te. Non puoi credere davvero a quello che hai visto. Tu mi conosci. Ascoltami.' Invia messaggio. Busta che svolazza. Bip. Messaggio inviato.

«Volevo parlarti durante il viaggio, ma ho visto che eri preso. Quindi saprai tutto davanti al nonno.» Non sembra arrabbiato mio padre, solo un po' agitato. Riesco a fatica a stare attento a quello che dice. Ho dentro qualcosa che occupa ogni cellula e ogni attività. Rispondi. Ti prego. Rispondimi.

Il mare è una striscia azzurra. Confusa con il cielo.

Confusa con la sabbia bianca. Siamo quasi arrivati. La casa del nonno è tra una macchia di verde. Il cellulare segna le 10:22 di una domenica di maggio. La terza domenica. Nessun messaggio in arrivo. Non vuole ascoltare, forse perché io non so parlare.

Crea messaggio.

'Imparerò le parole per parlarti. Diventerò lettera e vocale. Fammi provare. Sono il tuo amore.'

Invia messaggio.

Messaggio inviato. L'automobile si ferma sulla ghiaia. La porta della casa del nonno è aperta, e un raggio di sole illumina l'interno, in una specie di grande bolla di sapone. Un'illusione della luce.

Papà scende e sorride verso la porta.

Il cellulare vibra.

La farmacia dei brutti

«Sembri una morta che cammina.»
«Uhmm.»
«Una morta che fa 'uhmm'.»
«Già.»
«Dimmi cosa è successo. Subito.»
«Adesso no, ma ti racconterò.»

«E io non vengo.» Si ferma davanti al portone di un palazzo con le colonne doriche. La luce batte contro un capitello che sembra staccarsi. Intorno, il traffico del centro delle nove di mattina. Dobbiamo raggiungere la classe a Radio Sosta. Sono lì da un po' con la prof., ma Giorgia aveva il controllo dal dentista e sua madre lavorava, così l'ho accompagnata.

In una radio non ci siamo mai state. Neppure i compagni di classe. Quando la prof. ci ha spiegato il progetto sulla comunicazione che aveva intenzione di attuare in quest'ultima parte dell'anno scolastico, ho avuto due pensieri.

Il primo che mi sarebbe tanto piaciuto mandare come dedica a Roberto la canzone *Rosso porpora* di Laura Bono. Il secondo che una radio è un rifugio ideale per i brutti che vogliono emergere. Conta solo la voce e la parola. Niente visi, niente corpi, niente brufoli, nessuna imperfezione. Un posto meraviglioso.

«Facciamo tardi, dài.»

«Non mi muovo se non me lo dici.»

«Sembri una bambinetta scema delle elementari. Anzi, sei come quando battevi i piedi a terra e scuotevi la testa forte fino a spaventare le maestre. Viziata.» Mi dà un pugno sulla spalla e ride. Però ricomincia a camminare. Non ho voglia adesso di raccontare. Non ho voglia di niente.

«Pensavo che tra amiche...» riprende.

«Oh, Giorgia, tu sei la mia migliore amica. Appunto per questo cerca di capire.»

«Okay. C'entra Roberto. Mi dispiace.»

Il tono si è abbassato e si è fatto triste. È davvero la mia migliore amica.

È una settimana che non vedo Roberto. Cioè, lo vedo dai vetri della mia finestra tutte le mattine e tutte le sere, sul marciapiede. Sta lì in sella al motorino e da lì mi chiama al cellulare. Io non rispondo e guardo lui che guarda il display del suo cellulare e respira più forte. Lo guardo chiudere lo sportelletto e mi viene il magone e la voglia di scendere. Poi vedo anche la ragazza sul suo cellulare e penso al messaggio 'quella con cui giocavi ieri più la sua faccia' e mi viene da piangere. E mi viene la rabbia furiosa. Il dolore sordo. Hanno fatto bene a inventare questa metafora. Dolore sordo. Non sente altro che sé stesso. Non sente altro bisogno che quello di colpire il dolore, e colpendolo sente ancora più male.

Accidenti.

«Hai ragione tu, per le brutte non c'è e non ci può essere vita diversa da quella del nascondersi.»

Sento che si sposta un attimo da me. Rimane un passo indietro. Continuo a camminare, ma rallento.

«Ormai tanto è tardi per la seconda ora. Bigiamo. Tanto sono in visita alla radio. Diciamo che il dentista in realtà è un vampiro e appena seduta voleva succhiarmi il collo. Tu hai sentito dei rumori strani e sei entrata in ambulatorio, e appena il vampiro ti ha vista ha cominciato a tremare e a rabbrividire e poi è svenuto agonizzante, delirando che non aveva mai visto una creatura più orribile.»

Sto un attimo in silenzio a rimettere tutte le parole al loro posto e poi comincio a ridere. Ridere di gusto, ridere come se fosse l'attimo perfetto per buttare fuori aria e non respirare.

Cambiamo strada. Mia madre. Dovrei dirglielo. Glielo dirò stasera. Non ne farà un dramma. Un giorno di vacanza io e Giorgia.

Andiamo in centro. Classico. Ci sono altri come noi che hanno bigiato, e tutti di solito vanno in latteria a gustare il cappuccino con la panna più morbida e saporosa della città. Attraversiamo via Mazzini e mi fermo a guardare un colombo che cerca di arrampicarsi su un muro preso d'assalto da piante rampicanti. Apre le ali e le frulla, punta le zampe sui tralci che non reggono il suo peso e quindi cade a terra. Ci riprova, ma il risultato è lo stesso. Ecco qua. Chi vuole andare contro natura. I piccioni non possono arrampicarsi. I brutti devono stare al loro posto. I belli possono stare dove vogliono.

«Ci vorrebbe una farmacia apposta per noi.»

«Uhmm... Cioè?»

A Giorgia le idee arrivano così. Come quella volta che disse e che scrisse che anche i brutti sono armonia dell'universo. Senza di loro non ci sarebbero i belli. Un modo elegante per dire che noi brutti creiamo un equilibrio e che se ci sopprimono il mondo si srotola.

Utilizzati in questo modo abbiamo una certa dignità.

Entriamo nella latteria e il profumo mi chiude lo stomaco. Quante volte ci sono stata con Roberto? Cento, forse di più. Giorgia chiede due brioche con doppia panna e io dico addio ai miei due chili persi. Chisseneimporta!

«Una farmacia attrezzata appositamente. Creme coprenti, sciroppi per l'invisibilità, parrucche, rossetti che triplicano il volume delle labbra, alza nasi, schiaccia menti, schiaccia orecchie e medici che ti assistono nella ricerca della personalizzazione dei prodotti più adatti per i tuoi problemi.»

Addento la brioche e la panna esonda. Sempre la solita bella parola. Riesco anche a trasferirla in contesti diversi. Noto contenta che la bocca di Giorgia si apre senza problemi e che i suoi denti liberi masticano, e il palato senza protesi assapora e la lingua finalmente è tornata a poter esplorare, gustare e ingoiare.

Questa è bellezza.

«Pensi che la Comunità europea ci darebbe un capitale a fondo perduto?»

Sorride con la panna agli angoli della bocca.

«Non lo so, però i brutti del mondo farebbero una colletta.»

«Allora siamo a posto, apriamo una catena di farmacie della bruttezza.»

«Dimmi cosa ti è accaduto.»

Delle brioche rimangono le briciole sul tavolo coperto da una tovaglia di finto pizzo. Lo stomaco è migliorato. Sono tre giorni che non riesco a mangiare altro che qualche arancia.

«Ho trovato sul cellulare di Roberto un messaggio,

l'ho aperto ed è venuta fuori la foto di una ragazza nuda a cosce aperte con le tette così a coppa di champagne che sicuramente a molti è venuto in mente di versarci un Pinot.»

Ho parlato con il viso rivolto alla vetrina. Fuori, nel sole, la gente cammina e guarda davanti a sé o rivolge il viso al cielo per far scaldare la pelle. Una ragazza con il suo cagnolino al guinzaglio sorride. La vedo in un altro contesto. In una stanza quasi buia, seduta vicino a un letto, senza vestiti magari un po' ubriaca che guarda verso un cellulare e le viene da sorridere.

Distolgo gli occhi e non la guardo più. Nella latteria s'è solo un ragazzo con mucchio di fogli sparsi sul tavolo, è assorto.

«Certo che a noi due non chiederebbero mai una cosa del genere se non dopo sedute di chirurgia.»

Fatico a sorridere.

«Smettila, Giorgia. Adesso basta.»

Mi alzo e le briciole cadono a terra. Nessuno ci fa caso.

«Ehi, scherzavo... scusa. La mia maledetta ironia. Dài, Marcella.»

«Certo, certo.»

«Cos'hai fatto allora?»

«Sono scappata e mi sono persa.»

«In che senso.»

«Eravamo andati al lago. Volevo far l'amore con lui, mi sentivo pronta. Invece è finita con mio fratello, un cane pastore e un suo amico.»

«Che?»

«Semplice, Roberto non riusciva a trovarmi, infatti non so dove mi sono fermata. C'erano solo campi intorno e la strada non si vedeva. Così ha chiamato mio fratello e lui mi ha trovato. Aveva portato questo suo amico per aiutarlo. Ha un cane addestrato al soccorso. Mi ha leccato tutta la faccia. Il cane, dico.»

«Ah!»

«Sì, carino. Gentile, Il cane, sempre. Dài, andiamo, andiamo via.»

L'aspetto fuori mentre paga le brioche alla cassa. Mi sento nervosa, agitata, ho voglia di picchiare, di urlare e di disintegrarmi.

«Forse l'hanno scaricata da internet e se la palleggiano sui cellulari. La foto, intendo.»

Giorgia mi stupisce sempre.

«In che senso?» le chiedo.

«Ma sì. È una delle attività che vanno per la maggiore. Fotografarsi e mandare a parecchi numeri le foto. O addirittura i video. Magari uno in cui si vede che ti togli le scarpe, le calze... così. Qualcuno apprezza e risponde, e poi... a volte ci sono gli incontri, a volte no. Ma scusa, tu dove vivi?»

Questi due ultimi anni con Roberto sono stata impegnata a migliorare un po' il mio carattere. A migliorare un po' il mio aspetto. È vero, ho vissuto lontana dagli altri. Il cellulare mi serviva per chiamare Giorgia e Roberto, mia madre, ricevere telefonate da mia zia. Evidentemente invece Roberto è stato al passo. Quindi c'è stata un'evoluzione. O meglio, un cambiamento. Guardo Giorgia come fosse un nuovo animale, un essere più evoluto che riesce a capire ciò che succede e magari il perché. Devo averla persa in qualche punto di questa vita. Nello spazio cibernetico.

«E perché su internet?»

«Come perché? Ci sono siti di chat dove puoi pubblicare di tutto. Dalle creme di bellezza fatte in casa alla foto del tuo gatto e a immagini che non faresti mai vedere ai tuoi. »

«Ma perché? Quella ragazza era molto bella. Che problemi poteva incontrare se avesse voluto conoscere un ragazzo?»

«Be', sì ma così è più facile. Meno fatica. Più veloce. Incontri last minute. Velocizzare per non perdere tempo. Più incontri fai, più probabilità ci sono che quello o quella che ti piace venga fuori.»

Ci devo pensare. Più facile, meno fatica. Più veloce. Come per fare il compito sulle cause della desertificazione. Si va su un motore di ricerca, si digita la parola chiave e appaiono informazioni, riassunti, foto, opinioni, senza la fatica di andare in biblioteca, cercare i volumi, le pagine, leggere e riassumere. Certo, più semplice. Niente telefonate da aspettare, niente ansie per un ritardo davanti a un monumento sporco, niente più parole da scegliere. Sms veloci, già scritti, tutti uguali. Sesso e amore da copia e incolla. Ci devo pensare. Tutto questo occupa troppo del mio cervello in una sola volta.

C'è anche mio fratello che mi pressa. Ha voluto sapere. Ho dovuto dire. Non è sembrato troppo arrabbiato, e neppure molto stupito. Sono solo io la stupida che vive ancora con la sua scimmia troglodita e le poesie di Leopardi e di Neruda. Sono io che credo ancora che c'è sempre la possibilità di cambiare cassetto. Che i brutti e i belli sono tali perché la definizione viene data in un certo tempo e in un certo spazio. Che non è vero che la bellezza più vera è quella che si avvicina alla perfetta imperfezione della natura.

Mio fratello mi ha fatto una carezza e mi ha detto: 'Dormi e cerca di non dannarti troppo. Era solo un ragazzo'.

Accidenti, Massimiliano. Avrei voluto saltargli alla gola. Ma ero così sfinita e così stanca che credo di essermi addormentata subito. Da allora non ne ha più parlato, ma mi guarda costantemente come volesse scrutarmi.

«A parte la farmacia dei brutti, potremmo metter su un sito per i brutti.»

«No, non funzionerebbe. Ci vogliono le foto. Mai visto un brutto totale essere soddisfatto delle proprie foto.»

«Mi dispiace, Marcella.»

«Anche a me.»

«Però potrebbe non interessargli, la ragazza. Potrebbe essere un gioco.»

«Quando io e te giochiamo ci divertiamo tutte e due. Questo non è un gioco. Io non mi diverto affatto. E poi c'era quella frase, 'quella con cui ti divertivi ieri più la sua faccia'. E poi c'è il sotterfugio. E poi c'è che mi ha fatto male... molto.»

Non continuo perché mi viene da piangere, e non voglio piangere.

Camminiamo ancora un po' e ci fermiamo davanti alle vetrine a guardare i costumi da bagno sognando di avere a disposizione un'isola dove poter seppellire i belli e gli stronzi ballando sopra le loro tombe. Ritornando verso casa vediamo l'uomo del cassonetto, quello che cerca la bellezza nei pettini senza denti e nelle specchiere senza specchio. Lo salutiamo e Giorgia gli fa un gran sorriso per farsi riconoscere. Senza enterprise davvero sembra diversa. Lui fa un cenno tirato e poi torna al cassonetto.

«Portiamo in farmacia pure lui.»

«Sì, ce lo portiamo.»

I sogni abbandonati

Poche volte ho sentito il bisogno di sopprimere mio fratello Simone. Ha undici anni e non ha mai dato molto fastidio alla mia vita. Troppo piccolo, tanto legato a mamma. Io con altre cose da fare e da pensare. Ma stasera davanti al piatto dei formaggi e del prosciutto sento questa forte propensione allo sterminio.

Sono tutti eccitati. Mia madre con le polpette, quelle della ricetta di una sua lontana parente di origine partenopea, mio padre che sorride guardando dentro il bicchiere e sembra perso, e mio fratello con la bocca piena che dice a voce abbastanza alta da far risorgere un defunto: 'Roberto ha fatto sesso'.

L'eccitazione sembra essere raddoppiata, solo che adesso per nasconderla mamma controlla le polpette una a una e le spezzetta, papà ha abbandonato il bicchiere e ripreso in mano per la centesima volta la lettera della Regione dove si dice che può iniziare e che deve terminare entro un anno i lavori per l'apertura di una 'Bottega della salute' nel casolare che ha quasi comprato con i soldi della casa al mare che ha quasi venduto.

Tutti i 'quasi' non lo hanno distratto dalla frase pronunciata da una lingua che si deve seccare.

E io, cosa faccio io? Mi sento come se avessi spine dappertutto. Il piatto è ancora vuoto, ma non ce la faccio a prendere le polpette. Sembrano lontane chilometri. Ci vorrebbe il braccio meccanico di una gru per arrivare al cibo. Non ce la faccio neppure a ribattere con un 'magari' e ridere insieme a loro.

Mi sento colto in flagrante. Poi mi arrabbio. Per cosa mi dovrei sentire così? Non è neppure vero. E se anche fosse? Sto per dare un calcio a mio fratello Simone quando sento la voce di mio padre venir fuori dalla lettera.

«Non sono fatti tuoi. Mangia e poi pensa al compito di geografia di domani. Il Molise non confina con la Lombardia.»

Simone si salva dal calcio e io mi ritrovo a guardare mio padre di nuovo con gli occhi sgranati.

In questi giorni non fa che stupirmi. È come se fosse stato nascosto dietro a dei massi di pietra che impedivano di vederne o un braccio o gli occhi o le gambe ma che adesso uno alla volta si sgretolano e lui diventa uno con le braccia forti, gli occhi attenti e le gambe veloci.

Domenica, dal nonno mi ha detto una cosa stranissima.

«I sogni abbandonati soffrono come le foglie che d'autunno rimangono sui rami. Conoscono il loro destino, che è quello di tornare alla terra, ma per un soffio di vento troppo leggero o per una pioggia troppo quieta rimangono a dissolversi nell'aria sfiorando solo la terra, vibrando dal desiderio di esserne toccate.»

Non mi sono impegnato a capire. Dentro di me c'era un vento che soffiava e somigliava a un uragano, e tutte le foglie cadevano e poi venivano portate via graffiando e sibilando.

Io stavo e sto troppo male. Ho provato a mandarla al diavolo. Sì, mi sono imposto di arrabbiarmi con lei, e ci sono pure riuscito. Ho fatto le cose così per bene che alla fine risultava lei quella che mi aveva offeso, per non essersi fidata. Una specie di sottrazione dalla quale ho tolto il mio senso di colpa, e il risultato per alcuni giorni ha fatto davvero la differenza. Ho provato a uscire anche con un'altra. E qui è stata la stupidaggine più apocalittica. Marta. Compagna di banco di David, mio compagno di banco fino a due settimane fa. Mi aveva già chiesto una volta di uscire. Ho fatto finta di non aver capito bene quella volta, e anche se tutti mi hanno dato dello stupido, io non ci avevo più pensato. Fino a qualche giorno fa, quando all'uscita dalla scuola mi arriva un messaggio.

'Sei ancora più sexy quando sei triste.'

Il numero non è in rubrica. Però rispondo lo stesso.

'Chi ti dice che io sia triste?'

L'opera di convincimento con me stesso stava già producendo i suoi frutti, finti come le arance di plastica sulla fruttiera di mia nonna.

Subito un altro messaggio.

'I tuoi occhi... e vorrei tanto consolarli.'

Alla fine mi ero deciso.

'Chi sei?'

'Perché non lo senti?'

Ero stato tre ore a pensarci. Alla fine, dopo aver inviato invano tre messaggi a Marcella, avevo provato a chiamare.

La voce dall'altra parte sorrideva. L'avevo riconosciuta subito dalla erre morbida.

Così era venuto fuori che quella sera in centro c'era

un gruppo rock emergente e che il concerto era gratuito perché praticamente era una specie di prova per un tour nei prossimi mesi in alcune città italiane. Così era pure venuto fuori che le avrebbe fatto piacere bere una Coca con me. Così il gatto si era infilato gli stivali e subito aveva percorso cento leghe fino al castello dell'orco. Chissà perché mi era venuta in mente una sciocchezza simile. Così, nervoso e agitato e infuriato con me stesso per aver accettato, e infuriato con me stesso perché mi sentivo infuriato, sono andato in centro e l'ho aspettata sentendomi colpevole e cretino davanti al bar Tre. Massacrando la tasca dei jeans nei quali cercavo di infilare le mani.

Così, quando lei è arrivata, cretino e colpevole, avevo solo voglia di andar via.

I suoi occhi non si erano staccati un attimo da me e per tutta la sera avevo sentito il suo alito vicino. Il concerto non mi era piaciuto, e lei neppure lo aveva seguito. Mi ero seduto su una staccionata per poter trovare un po' di solitudine da Marta attaccata a francobollo sulla mia schiena e poter avere il sollievo di altri centinaia di ragazzi e ragazze che ballavano e urlavano. E da quella notte mi sono maledetto mille volte. In continuazione arrivano suoi messaggi, e il telefono squilla, e il suo numero lampeggia e dietro al suo numero una quantità variegata di foto di lei che mi sorride, di lei che manda un bacio, di lei che mi chiama 'uomo tribale', di lei che mi ossessiona.

Ho provato a parlarle a scuola durante l'intervallo, ma è stato come mettere benzina sul fuoco.

Mi ascoltava con gli occhi spalancati e le labbra appena aperte. Mi ascoltava e non sentiva, e con la mano come per caso ha stretto il mio braccio.

Marta è paranoica. È fissata. Non credo lo sia per

me. Non credo proprio. E anche lo fosse, è un modo assolutamente devastante per dimostrarlo.

David mi ha detto che devo aspettare che qualcun altro entri nella sua sfera di interesse. Speriamo presto. Perché mi sta rovinando la vita. Mio fratello ha sentito proprio una di queste telefonate deliranti nelle quali lei a un certo punto mi chiedeva se mi attira sessualmente. E io a balbettare che non c'entrava il sesso. Ecco dove ha preso la frase Simone. L'ha staccata dal resto e poi l'ha messa a digerire a tavola.

Mi accorgo che mamma gli ha tolto il piatto e lo guarda severa. A lui vengono giù le lacrime. Mi accorgo anche che non sono arrabbiato con lui. Che cavolo c'entra? Sono tanto, ma tanto arrabbiato con me. E mi sento stanco. Di Marta, di tutto. Anche di Marcella. Sono stanco. Punto.

«Papà, sono contento... della lettera, dico. Grazie. Vado in camera, ripasso e poi dormo.»

Il casolare si trova a quindici chilometri dalla città, sopra una collina di olivi e di viti. Ci siamo passati domenica tornando dal nonno. La luce era quella rossa del tramonto e sembrava partisse da dietro, così da far apparire la casa sospesa. Mio padre è sceso dall'automobile e subito è corso verso il sentiero sterrato. Ho pensato a quante volte c'era stato, magari dopo il lavoro o la mattina presto. Magari ha contato le pietre con cui è costruita la facciata che si apre su un prato pieno di sterpaglie e di sassi.

Magari ha contato con i passi la lunghezza del casolare e le finestre piccole e senza tende. Magari ha visto i campi che stanno intorno nudi e scorticati, già pieni di alberi da frutto e di verdure di tutti i tipi.

Il clima è buono per gli ortaggi e per le erbe. Me lo ha detto risalendo in auto. Io sono sceso un attimo solo per cercare di sgranchirmi le gambe e liberarmi la testa.

«Ho fatto una sciocchezza, pa'.»

Gliel'ho detto così, senza pensarci per niente.

Ha avviato il motore senza dire nulla, e io mi sarei preso a calci. Avevo rovinato il suo momento magico, e mi ero rovinato anche io.

«Cos'hai notato del casolare? Così, di primo impatto.»

Respiro più forte. Forse non ha sentito. Il vento ha coperto la mia frase stupida.

«Uhmm, non ci sono balconi.»

«Già, è vero. Non ci sono. E perché?»

«Credo perché nei casolari non servono. Ci sono spazi immensi intorno alla casa che possono diventare giardini, orti o viali dove mettere panchine per sedersi e chiacchierare.»

Papà ingrana la quarta e poi subito la terza. La strada è in pendenza e piena di buche.

«Lo sapevo, io. Lo sapevo. Tu sarai un ottimo architetto.»

«Io? Architetto?»

Neppure nel delirio di una febbre a 41° ho mai pensato di diventare architetto. Il modello ha occupato molti anni della mia vita e molti neuroni del cervello.

«E quale stupidaggine avresti fatto?»

Di nuovo la sorpresa.

«Con una ragazza. Anzi, con due.»

«Accidenti. Due nello stesso tempo?»

«No, no, cioè, sì. Quasi. Ma è difficile da spiegare.»

Prima era serio anche se non arrabbiato. Ora ride.

«Di sicuro non sono laureato, ma credo che per capire le relazioni non serva, vero?»

E così gli racconto un po'. Non tutto tutto. Un po'.

Metto il fatto di Marcella che è scappata via ma non gli dico perché, metto il fatto di Marta che mi ossessiona con le telefonate e i messaggi ma non gli dico perché sono uscito con lei, metto il fatto che mi sento davvero male e non so cosa fare.

«Periodo difficile. Troverai il modo di pescare il filo che snoda tutto. A volte bisogna agire d'istinto, altre lasciare che le cose decantino. Si può vedere meglio il tutto se lo teniamo un po' lontano.»

Vorrei rispondergli che mi piacerebbe tenere lontanissima Marta e addosso a me Marcella. Ma sto zitto e penso a quello che mi ha detto. Aspettare. Papà è un pescatore, sa cosa significa. Papà ha atteso decenni prima di realizzare il suo sogno. A volte è così, bisogna frenare l'urgenza anche se questo fa soffrire.

«Cosa ne pensi se intorno al pozzo mettiamo delle panchine di legno e un gazebo coperto da gelsomini? Tua madre potrà leggere in pace e voi magari potreste studiare. Una specie di studio all'aperto.»

Ancora una sorpresa. Mi aspettavo richiesta di spiegazioni e approfondimenti, e invece mi vuol coinvolgere nei suoi progetti.

«A volte ti accorgi di aver aspettato per tutta la vita un solo momento.»

«Sì, capisco. Il fatto del casolare.»

Credo fosse stato ferito nell'orgoglio. Una ferita tale che è stato difficile farla rimarginare perché riguardava un progetto per una vita sognata.

Papà sorride e mi guarda negli occhi, lasciandoli vagare per un attimo. Poi tornano sulla strada. Si ferma a un incrocio.

«No, non il momento del casolare. Il momento del perdono è il più importante nella vita di un uomo. Chiedere a tuo nonno quello che gli ho chiesto ha voluto dire perdonargli molto e perdonarmi di essere solo un essere umano. Non un super essere umano, non un dio. Un uomo che fa e sbaglia. Non dirlo a tua madre. Lei vorrebbe che il momento che ha fatto di me un uomo fosse quando l'ho incontrata. Ventidue anni fa, dentro una Cinquecento ferma a un semaforo verde, con una fila dietro che strombazzava e insultava. Lei quasi piangeva e continuava a girare la chiave di accensione. Ormai il motore si era ingolfato da un po'. Io ero il settimo di quella fila e sono sceso a vedere cosa fosse accaduto. Così l'ho vista e così mi sono messo a ridere.»

Ride anche adesso. Il ricordo è vicino nel suo tempo mentre il tempo di tutti ha continuato ad andare.

«Quello è stato il momento della felicità. Ma una felicità senza perdono a poco vale.»

Le parole di mio padre che non capisco mai la prima volta che le pronuncia. Lui non spiega, non cerca di farti capire. Le dice e poi te le lascia dentro la testa.

Sono le 10. Ho spento il cellulare per evitare gli squilli di Marta. Ho personalizzato le suonerie. Quando è lei a chiamarmi suona la marcia di Radetzky di Strauss. Però a volte mi inganna nascondendo il numero e il telefono squilla con le parole e la musica di Jovanotti con la sua *Canzone d'amore esagerata*. L'aveva scelta Marcella. Per tutti e due i nostri cellulari. Di sicuro l'avrà cambiata.

Sono le 10:30 e sento nello stomaco un nodo che sale e scende. Sento i passi di mamma che riordina e la voce di papà che la segue. Parla del mutuo e dice 'Ce la faremo, vedrai, io non smetterò mai di dirti grazie per questo'. Lei ride e dice 'Cretino, credi che non lo volessi anche io? Aspettavo solo che fossi pronto tu. Non si può andare in America uno in aereo e uno in nave. Ci si perde. Vedrai, ce la faremo. Non preoccuparti. Lavoreremo insieme'.

Mio fratello è nella camera accanto alla mia. Sento bussare alla parete. Gioco di quando era piccolo. Gli ho insegnato l'alfabeto morse che aveva cinque anni. Aveva paura di notte, e per evitare che venisse nel mio letto gli avevo mostrato come eravamo vicini e che poteva parlarmi.

Ascolto. Tre suoni brevi e ravvicinati... S. Suono, lungo, breve, lungo, breve... C.

Continuo ad ascoltare e poi rido.

'Scusa. Ma cosa vuol dire fare sesso?'

Rispondo.

Suono lungo, breve, breve. D.

'Dormi. Non ci pensare.'

Credo di addormentarmi anche io, triste e stanco e solo. Con un cellulare spento. Ho disinnescato la bomba. Penso a Giacomo e a Mirko, e a quelli che vivono pensando di poter giocare sempre. Lentamente scompare tutto, tranne la voglia di ascoltare la canzone di Jovanotti.

La radio

Che stupidaggine sto facendo? Mi tremano persino le mani. Segno cattivo. I segni. Gli indiani leggevano i segni. Ecco una buona occupazione. Guardavano osservavano aspettavano con infinita pazienza di riconoscere l'ala dell'uccello che si piegava, il petalo del fiore che si apriva, la terra che respirava, l'alito di vento che arrivava.

«Forza, inventati un nick.»

Giorgia sembra un falco. Guarda lo schermo azzurrino che si anima di caselle, disegni, parole.

«Questa è una normale chat. La usano tutti. Vediamo se la ragazza è qui.»

Si siede su un cubo colorato vicino a me. Il computer è sopra una scrivania che sta davanti al suo letto. La sua camera è ordinatissima e piena di luce soffusa. In un angolo un grande vaso che contiene fiori di stoffa. Li riconosco perché li abbiamo fatti noi quando andavamo alle elementari.

Giorgia ha sempre capito meglio di me tutto ciò che ha a che fare con la tecnica, l'informatica, i numeri. È lei che ha sempre cercato notizie per le ricerche, ed è sempre stata lei la mia salvezza durante i compiti di matematica.

Ma non sapevo che avesse una tale dimestichezza con lo strumento.

«Ti piace 'sorrisokesadisole'? Carino, no?»

«Ti sembro una che sorride? Col sole?»

«Vabbe', allora quello che vuoi tu.»

«No, va bene tutto. Ma non è pericoloso?»

«Guarda che questa è una chat tranquilla, tutti possono andare. Vedi, ci sono varie stanze. Scegli.»

Leggo. Le stanze sono argomenti. Si dovrebbe parlare degli ultimi film, commentare libri, personaggi, parlare di musica rock, scambiarsi messaggi sull'uso del dizionario di latino a scuola.

Sembra tutto molto tranquillo, quasi noioso. Lo dico a Giorgia.

«In effetti lo è. A volte.»

Muove il mouse con destrezza e poi sorride.

«Eccoti qui, 'sorriso di sole'. Scegli la password. Ottimo: 'Bastardo'. Molto bella. Sei pronta per navigare?»

Non rispondo. Siamo sole in casa. I suoi sono ancora al lavoro.

«Tu navighi spesso, Giorgia?»

«Uhmm. Abbastanza. A volte, tra un compito e l'altro. A volte la sera. Ma non troppo. Non mi cattura più di tanto. Credo perché so come è fatto. Cioè i circuiti. Quando scrivo parole o guardo immagini so che derivano da elettricità che si combina. Mi appassiono ai circuiti, insomma.»

«Diventerai un ingegnere elettronico.»

«Può darsi. Si può fare a meno dell'amore se le onde magnetiche ti assalgono i pensieri. E tu? Dovrete chiarirvi, prima o poi. Non è mica possibile che dopo due anni si sparisca così.»

«Mi deve passare un po' prima. Se lo incontro ora credo di andare dritta agli occhi. Invece voglio stare calma e ascoltare e poi... andare agli occhi.»

«Ah, ah, ah... certo che gli occhi sono i migliori. Ecco vedi quella? È una chat dove puoi scaricare e caricare di tutto. Entra...»

Basta un clic del mouse per vedere altri volti, altri corpi, altri vestiti, altri scorci di paesaggi e di case. Un ragazzo sorride dentro un campo che sembra di grano.

«Puoi zoomare se vuoi. È carino.»

Già, carino. Roberto è bellissimo. Era bellissimo. Forse se comincio a pensare a lui come a un morto posso star meglio.

Passo oltre. Con il mouse avanzo e le foto si fanno meno domestiche. Ragazze in minigonna, in costume da bagno, in perizoma, pance con ombelico pinzato da piercing, ragazzi in boxer, ragazze nude... uomini nudi senza volto, donne in pose da kamasutra. Il tutto corredato da video da aprire. Basta una webcam, dice Giorgia.

«Diavolo.»

«Uhmm, già.»

«Chi sono questi?»

«E che ne so? Gente di ogni posto. Roma, Milano, Forlì... Los Angeles... Puoi esserci anche tu, anche io... magari nascoste da un telo, ma possiamo farlo.»

La sua voce è come 'rancorosa'.

«E tu come hai fatto a scoprirli?»

Esita con la vocale d'inizio.

«Una notte ci ho beccato mio padre.»

Adesso la voce è un sussurro. Trema in tutte le vocali.

«Diavolo. Mi spiace, Giorgia. Davvero. Quanto tempo fa è accaduto?»

«E chi si ricorda? Un paio di mesi, forse. Mi sono

svegliata con un mal di pancia da vomito. Così ho visto una luce azzurrina e ho capito che qualcuno era al computer dello studio. Ho sbirciato senza far rumore. Dava le spalle alla porta. Lui era come ipnotizzato davanti a foto tipo queste. Ho capito subito e non mi sono fatta sentire. Ho vomitato in silenzio. Non ho neppure tirato lo sciacquone. Nessuno si è accorto di niente. Mamma e papà usano il bagno che hanno in camera.»

«Ognuno deve avere un bello scheletro chiuso da qualche parte, che marcisce e puzza di morto.»

«È così. Credo si senta solo. E invece di fare qualcosa per far capire a mamma che anche lei sta invecchiando, che le rughe sono cose normali e che il tempo ha questo effetto sulle cose, che lei è sempre bellissima e che non gli importa se non è perfetta, cerca una via di fuga.»

«Ma è pazzesco.»

«No, non lo è. È quello che ci ripetono tutti, ogni giorno. In mille modi.»

«Sei fuori.»

«Ma credi che non mi sia venuta voglia di graffiare mio padre, di insultarlo e di umiliarlo?»

Sta per piangere. Deve essere dura. Durissima. Una specie di tradimento. Anche questo bisogna sopportare. Che i genitori ti tradiscano. Che gli adulti ti riempiano di prediche e consigli e poi che vivano vite diverse. Il doppio che c'è in noi. Il segreto delle nostre menti. Io che soffro per amore. Giorgia che soffre per amore. Un altro tipo di amore. Sempre la stessa radice. La cura, l'affetto, il sentirsi sempre nei pensieri di un altro. Con quanta facilità si scrive... ti penso... con quanto pressapochismo si dice... domani... L'amore dovrebbero proprio abolirlo. L'amore è solo per gli equilibristi. Stanno sospesi a metri da terra e camminano sopra un filo. La paura di cadere li fa stare all'erta. Ma è anche il piacere che provano nell'avere paura che li fa camminare. L'amore è una sfida, e chi non è capace di accettare le sfide è meglio che lo eviti come il topo evita il gatto randagio.

Lo squillo del cellulare mi fa aprire gli occhi. Li avevo chiusi. Le immagini sono sempre le stesse. Donne e ragazze senza vestiti e spesso senza teste. Certo, senza testa. Una vetrina di manichini mutilati. Sesso facile, per tutti, senza conseguenze, senza apparenti conseguenze.

Mi viene una grande tristezza. Penso a quei corpi senza voce e senza la terza dimensione. Penso al nascondimento. Alla fuga. Una fuga fatta mettendosi in vetrina. La migliore o la peggiore. Ma chi ti vede e chi ti ascolta comunque entra in contatto con te. E le conseguenze ci sono sempre. Penso a Roberto che guarda attento le pance, i seni, le curve delle cosce. Mi viene da urlare. Invece è Giorgia che urla.

«Davvero? Oh, Dio santo. Grazie, grazie. Subito...»

Isterica. Diventa isterica spesso. Lancia il cellulare sul letto e si precipita verso una libreria. Armeggia con un cavetto e poi con le manopole dello stereo.

«Che succede?»

«Ci siamo noi... noi due... alla radio.»

«Che?»

«Zitta un attimo. Devo beccare la frequenza.»

Sto zitta. Non ho capito molto. Ma non importa. Questo mondo non mi piace. Non mi piace per niente. Questa vita la vorrei nel deserto. Sotto la sabbia.

'Dalla ruota panoramica'

'Fin dall'antichità, i brutti erano considerati una categoria a parte. C'erano i belli, i poeti e i brutti. A volte i brutti venivano impiegati come saltimbanchi e come menestrelli, cosí con il trucco e con gli abiti sformati e colorati la loro bruttezza non si vedeva molto.
Gli uomini brutti erano tollerati, anzi alcuni erano poeti e nessuno ci faceva caso.
Per questo motivo, non ci occuperemo molto degli uomini e dei ragazzi brutti. Essi vengono definiti 'un tipo' e c'è sempre qualcuno che riesce a trovare in qualche loro nascosto particolare la bellezza. Cosí è stato fin dall'inizio dei tempi. I motivi si perdono tra le pieghe e le piaghe del tempo. Capiamo che anche per i ragazzi brutti ci siano dei problemi, ma nessuno di loro è mai definito un brutto totale.
Per le donne invece era un altro paio di maniche, e non solo quelle. Le donne brutte si dovevano mettere tanti strati di velo davanti alla faccia anche solo per uscire a prendere una boccata d'aria che neppure arrivava bene al naso, trattenuta dalle stoffe. In ogni caso, per loro era meglio restarsene ben tappate.
Oggi per le donne brutte c'è solo un'alternativa: il teatro comico. Ma se non diventano famose sono doppiamente gabbate: brutte e pure fallite. Un abbinamento esplosivo. Però nella Grecia antica e anche nel Rinascimento, per

esempio, il naso aquilino non era segno di bruttezza sia negli uomini che nelle donne, anzi. Come la fronte alta. I brutti non venivano comunque uccisi, che già era qualcosa, anche se preferibilmente venivano mandati in guerra, tanto per non averli troppo tra i piedi.'

«Siete a Radio Sosta. Fermatevi un attimo a riflettere. Qui è Francesco che vi parla e vi legge brani da *Elogio alla bruttezza* di Marcella e Giorgia, due ragazze del liceo scientifico Alessandro Volta. Grazie, ragazze. Continuate così.»

Arriva la voce di Tiziano Ferro.

Giorgia torna a respirare. Io pure.

«Che è successo?»

«Oh, Marcella... Incredibile, vero? Due giorni fa sono andati a visitare la radio, la classe dico, e noi abbiamo bigiato. Maledetta me, è stata tutta colpa mia e del dentista. Potrai mai perdonarmi? Ma chi se lo immaginava, cavolo!»

«Taglia un po' e dimmi cosa sta accadendo. Perché leggono la nostra relazione alla radio?»

«La professoressa Alisi l'ha fatta vedere all'editore di Radio Sosta. A lui è piaciuta e ha chiesto il permesso di leggerne alcuni brani.»

«Ah. E a noi il permesso non ce l'hanno chiesto?»

«Ma sei fuori? Che te ne importa. Forse la prof. voleva farci una sorpresa.»

Adesso è il mio telefono a squillare.

«Ciao, mamma. Sì, ho sentito... anche tu? Come hai fatto? Ah, ecco, ho capito. Sì, bello, carino. Va bene. No, non me la prendo. E per cosa? In fondo era un compito.»

Riaggancio.

«Ecco il mistero spiegato. Siamo minorenni per altri 8 mesi. Il permesso la prof. l'ha chiesto ai nostri genitori. Naturalmente gliel'hanno dato, e poi sono stati tutti zitti per farci una sorpresa.»

«Be', forte dài... L'*Elogio* ci ha portato fortuna...»

Mi guarda e poi abbassa la testa.

«Cioè, no. Non ci ha portato fortuna. La fortuna ce la facciamo da noi.»

Sospiro forte.

«È che davvero stanno accadendo troppe cose. Troppe per poterle contenere. E se andassimo a visitare questa radio? Telefoniamo? Spieghiamo chi siamo e poi caso mai li supplichiamo. Se non basta chiediamo alla prof. Alisei di intercedere per noi. Al 'generalissimo' nessuno riesce a dire di no.»

Sorride, adesso. Bellissima.

«Spegni il computer, per favore.»

La voce

Chi sente le voci è matto. Mia nonna esclusa, che sente le voci dei santi e dei martiri e non direi che è matta. Non più matta della maggior parte della gente che incontro tutti i giorni. Io ho sentito la voce di Marcella. Anzi, non la sua voce, ma le sue parole. Il vulcano ha ricominciato a eruttare lava incandescente e a formare bolle d'acqua sulla mia pelle.

Non riesco a parlarle. Non riesco a mandarla a quel paese. Due anni. Tante cose fatte insieme. I ricordi. E poi qualche progetto buttato là per caso, per riderci, per sperarci.

La sua relazione letta alla radio. Uno scritto davvero inconsueto che ha ideato insieme a Giorgia.

«Guarda che il semaforo era giallo. Ci si ferma.»

Frenata secca. Oddio, così non combinerò mai niente di buono. L'istruttore si massaggia la barba e tiene pigiato il pedale del freno. Non mi guarda. Controllo lo specchietto retrovisore e noto una coda di almeno dieci automobili.

L'istruttore borbotta qualcosa in veneto. Poi mi dice di accostare a destra appena dopo il semaforo. Aspetto che sia verde e metto la freccia a destra. Sento una specie di boato.

«Non vedi che c'è il divieto di accesso?»

La voce rimbomba in tutto l'abitacolo.

«Il giorno dell'esame prova a farlo e sei fritto. Uno può anche dirti di incrociare le dita sul volante e tu lo fai?»

Sogghigna. A lui è piaciuta la battuta. A me no. Però ha ragione. Se continuo così spendo inutilmente i soldi e non ottengo niente. Mi sono ripromesso di fare tre o quattro lezioni con l'autoscuola, per il resto si è offerto mio padre. Ho l'esame fra dieci giorni. Dieci giorni in cui non la vedrò.

Svoltiamo a destra adesso in un senso unico. Attenzione ai pedoni, agli incroci, a mantenere la distanza di sicurezza, ai semafori... troppa roba. Marcella. Le sue parole lette alla radio, da un altro. Sono bellissime. Come lei. Dentro lo stomaco qualcosa vibra. Lo speaker ha annunciato una canzone di Battiato. Il cellulare suona.

«Ecco fatto, adesso ci manca il cellulare. Prova a rispondere e sei un calamaro in padella.»

Il tipo deve avere una propensione per i cibi fritti. Certo che non rispondo. Che sia lei è una probabilità così remota che può essere uguagliata alla visita dello yeti in un centro commerciale. Che sia Marta è probabile ma la mia voglia di rispondere è uguale a quella di uno yeti invitato a visitare un centro commerciale. Continuo ad andare. Cerco di sgomberare la testa e di concentrarmi sul traffico, sui lampioni da evitare, sulle signore che portano a spasso il cane da schivare. Il cane. Mi viene l'idea. Accosto dopo aver verificato di non essere in prossimità di una curva e di non avere dietro altri automobilisti.

«Cosa stai combinando?»

«Mi scusi, mi sono ricordato di una visita medica prenotata da mesi. Devo proprio andare.»

«No, ma tu dimmi, ci sei o ci stai facendo? Oppure vuoi prendermi in giro?»

«No, no... forse ci sono. Ma non è questo. È molto tardi. Ci vediamo dopodomani... alla stessa ora.»

Credo che stia bestemmiando. Tanto non riesco a fare niente. Tanto è così forte il dolore che mi dà fastidio anche pensare a quando non ci sarà più. So che un giorno non ci sarà più, che mi accorgerò all'improvviso che sto cercando di ricordare cosa provavo, per cosa esattamente mi dilaniavo. Come la cicatrice che ho sul ginocchio causata dagli schizzi di una pentola con l'acqua bollente che cadde vicino a me quando avevo dieci anni... Mamma, quando lo racconta, rabbrividisce ancora e mi prende la mano come se l'evento fosse avvenuto una settimana fa, e ricorda quanto ho sofferto. Io però non ricordo il dolore. Ma per ora il momento in cui non soffrirò più dell'assenza di Marcella è in un tempo così futuro che sembra impossibile.

Scendo dall'automobile e attraverso la strada. Sento la portiera che sbatte e qualcuno che mi urla contro. Non ci faccio caso. Al semaforo dietro l'angolo ho intravisto la targa. 'Unità cinofila – Protezione Civile – sede amministrativa'.

È al primo piano. Cosa sto facendo? Ma sì, devo sapere qualcosa di lei. Non ho il coraggio di farmi vedere da Massimiliano. Di parlargli, di chiedere. Mi sento in colpa, anche se... ma sì, una sciocchezza. Evidentemente tutto è da pagare. Forse per me, forse per tutti, solo a volte il conto arriva più tardi.

Le scale sono buie e l'odore di cibo speziato è forte. Arrivo al portone e un'altra targa d'ottone avverte che quelli sono gli uffici della Protezione civile. Suono. Il ronzio, e poi il portone che si apre. Una stanza piccola e luminosa e una ragazza seduta a un tavolo mi guarda.

«Posso essere utile?»

Un attimo di imbarazzo. Poi vado.

«Vorrei contattare un ragazzo che si chiama Fabio e che ha un cane di nome Luna. Vorrei ringraziarlo perché mi ha aiutato, ma non so il cognome, non conosco il suo numero.»

Devo far pena o spaventare a morte. Devo avere la voce di un masticatore di tabacco se ne esistono ancora, perché la ragazza sfoglia veloce un blocco. Io quasi sudo e sento che il mio odore è cambiato.

«Certo, ho capito. È Fabio Cantin e lei è Luna. Qui c'è un numero, ma non so se è ancora giusto.»

Poi diventa più incerta e mi sorride ancora.

«Se hai tempo, fra dieci minuti dovrebbero essere qui. Deve venire a ritirare una divisa nuova.»

Dieci minuti. Certo che ce l'ho. Ne ho tantissimi, di minuti. Cosa devo fare io? Un esame di maturità, un esame per la patente, mia madre mi ha anche chiesto di verniciare la ringhiera del terrazzo. Ho un sacco di tempo perché non riesco a fare niente. Non rispondo, ma mi siedo in un angolo dove c'è una poltroncina. Sul tavolo riviste di animali, di attualità e di sport.

Guardo le mie mani e le trovo bianchissime. Troppo. Sembrano le mani di un morto. Unghie pulite e corte, ma quasi grigie. Era Marcella a portare il colore alla mia pelle. Una banalità, ma è così. Lei arrivava e tutti quei ricci disordinati scomposti mi solleticavano il viso, e qualche ciocca giocava con il mio naso e mi veniva da starnutire e da grattarmi e da ridere anche, e poi le sue braccia mi chiudevano e mi pareva sempre di essere quasi sollevato da terra, e poi i suoi baci. Mille modi diversi di baciare. Mille invenzioni e mille scintille. Un mare esplorato e da visitare. Il colore della vita. Finito. Per cosa? Per un niente. A me non interessa vedere ragazze nude sul mio cellulare. Magari, lo so era una ragazza della 4a C. L'ho riconosciuta, alla fine. Non ho detto niente anche se forse avrei dovuto. Avrei dovuto avvertirla che la foto mandata per gioco al suo ragazzo stava facendo il giro della scuola. Ma poi quando l'ho incontrata al distributore di bibite lei era con due amiche e ridevano e parlavano della sera prima di quanto erano riuscite a bere senza perdere il controllo. Non ho detto niente. Forse lo sa e non gliene importa. Se fosse la mia ragazza a essere sul piattino di un cellulare, nuda e... be', credo impazzirei. Capisco bene cosa ha provato Marcella. A volte è semplice capire le situazioni, il difficile è mettersi nella carne e nell'anima dell'altro al momento giusto. Ma ancora più difficile è fare un passo indietro e aspettare. Attendere.

I dieci minuti sono trascorsi. L'orologio a parete segna le 15:40.

Il ronzio del citofono. La ragazza solleva un ricevitore e mi fa segno.

Arriva pochi secondi dopo. Luna è con lui. Il cane mi guarda e guaisce. O meglio la cagna. Ha un manto bellissimo che va dal nero al marrone con sfumature più chiare sul collo e una chiazza quasi bionda sotto l'occhio sinistro.

Anche lui mi vede. Mi sorride. Forse mi ha riconosciuto, forse no. Prende dei fogli e poi si gira. Io sto seduto impacciato.

«Vieni con noi... Roberto?»

Mi alzo e dico sì, mi chiamo Roberto, quel cretino che ha fatto cadere la sua ragazza dal motorino un paio di settimane fa.

Usciamo e la strada sembra adesso deserta.

«Ti portiamo a conoscere un amico, se ti va.»

Lo guardo da vicino. Deve avere sui trent'anni. Ma chissà. I suoi jeans non sono calati sui fianchi e la camicia chiara è stampata con grossi fiori. Sembra venuto fuori dalle foto dei figli dei fiori degli anni Settanta. Poi mi viene da sorridere. Dice sempre 'noi'. Include anche il cane. L'avevo letto in un giornale che c'è un 'popolo del cane'. Individui che sono capaci di ascoltare linguaggi diversi più antichi, più profondi e che hanno nei gesti la parola e nel pensiero l'anima.

Deve essere un rappresentante di questo popolo. Camminiamo lungo il marciapiede. Ogni tanto Fabio si accovaccia e accarezza Luna, la gratta sul collo e le sorride e parla con lei. Pochissime parole. Bella... attenta... tutto bene? E il cane... Luna si ferma e lo guarda, occhi morbidi, orecchie dritte, muso che si piega da una parte, coda che spazza via una foglia dal marciapiede.

«Una volta ha ritrovato una bambina che si era persa in un bosco. Aveva fatto pochi chilometri, ma si era addentrata verso l'interno, dove i sentieri si fanno radi. Vedi, questa se l'è fatta quella volta.»

Mostra tra il pelo una specie di cicatrice.

«Un ramo spezzato le si è conficcato qui. Una specie di freccia. La bambina ha sentito Luna gemere di dolore e allora ha chiesto aiuto. Credo che uomini e animali si riconoscano meglio nel pericolo e nella sofferenza, e allora scatta una specie di solidarietà che lascia perdere la razza e ogni altra cosa. La persona che ti vogliamo far conoscere è il padre della bambina. Abita qui vicino.»

Ascolto con la voglia di domandare di Marcella. Ascolto e non ho voglia di conoscere il padre di una bambina ritrovata. Però cammino accanto a loro.

Quando si fermano davanti a una vetrina ho gli occhi stupiti. È la vetrina di un negozio di estetica.

Fabio sorride.

«È qui che ho conosciuto Massimiliano, qualche anno fa. Si era appena fatto una lampada e Luna gli ha ringhiato contro.»

Ride e cerca nella tasca dei jeans. Prende un biscotto tondo e scuro e lo porge alla cagna, che con la lingua lecca il palmo della mano di Fabio e la pallina non c'è più,

«Resta qui Luna, facciamo subito.»

Mi sembra incredibile. Lei si sdraia a terra, il muso sopra le zampe, quieta. Noi entriamo. Odore di incenso e di cera e di tè. Marmo e séparé e luci soffuse.

«Troppi odori, la innervosirebbero. Comunque quando Massimiliano ha visto Luna si è come innamorato. E lei di lui. E sì che ne conosce, di esseri umani. Ogni tanto viene a trovarci e Luna fa la fidanzata offesa se lascia correre troppo tempo. Vieni, Giuliano è in ufficio.»

Dal corridoio si aprono piccole stanze e si sentono voci e musica. L'ultima è a vetri. Fabio bussa e aspetta il permesso di entrare. Ci viene incontro la pubblicità di 'Men' o di *Vogue* uomo. Una specie di incrocio tra Brad Pitt e Nicolas Cage. Un uomo senza età con le spalle scolpite che quasi bucano la stoffa della camicia, ventre piatto, capelli corti tirati indietro, occhi scuri e fondi. Cerco una ruga, ma è difficile trovarne.

'Men' abbraccia Fabio facendolo sembrare una specie di pupazzetto.

«Dov'è la mia piccola? Fuori?»

Fabio si stacca e annuisce.

«Questa è l'anticamera dell'inferno, per lei e per me.»

Ride e poi mi guarda.

«Ti ho portato un amico. Roberto. Gli piace ascoltare.»

Sembrano parlarsi in codice. 'Men' annuisce e va verso la scrivania. Si siede. Fabio invece va verso la porta.

«Noi siamo qui di fronte. Ci sono i giardini. Luna ha bisogno di un po' di odori veri.»

Sogghigna e sparisce. Anche io ho voglia di sparire. Che stupida idea mi è venuta?

Forse Fabio ha saputo che un tempo sognavo di diventare un modello e mi ha portato qui... accidenti. Non so cosa fare e dove mettere il mio corpo.

«Siediti.»

La voce è gentile.

Mi siedo. Davanti a lui. Sopra la sua testa c'è una riproduzione di un quadro di Botero. Una donna grassissima e una bambina grassissima. Bello trovarla in un centro estetico.

«Sono Giuliano. Sono stato dipendente da internet. Sono stato suo schiavo per molto tempo. E per la rete ho rischiato di perdere la mia famiglia, mia figlia e il lavoro...»

Non so cosa dire e perché lo dica a me. Io non sono schiavo di internet. Uso il computer per le ricerche e per mandare qualche email. Guardo qualche blog simpatico. Stop. Che strano modo di presentarsi. Mi muovo sulla sedia, ho fretta di andare via. La sua voce però mi blocca.

«Ho cominciato con il frequentare chat innocue, all'apparenza senza controindicazioni. Mi sono messo in contatto con donne che volevano un po' di compagnia. Lavoro qui, da solo otto ore al giorno. A volte aiuto un po' gli estetisti. Non mi mancano gli affetti, e non mi mancavano. Ho cominciato così, credendolo un gioco. Un gioco senza danno per nessuno. Nessuno ti vede, nessuno sa come sei e chi sei. Puoi raccontare un'altra vita, puoi costruire una storia diversa, puoi dire che sei astronauta o clown... ecco il potere e il fascino che esercita. Arrivi a pensare che chi legge ciò che tu scrivi ti ascolti davvero, che sappia tutto di te, di quel te profondo e insondabile. Dalla chat sono passato a dare il mio numero di cellulare. Poi le foto. Scatti una foto sul cellulare e la invii. Tanti circuiti e scariche elettriche che si trasformano in spazi, in linee, e poi hanno i tuoi occhi e la tua bocca. Credi di salvare l'anima e invece carichi anche quella. Carichi la foto sul tuo spazio in rete e invii, e continui a inviare, e cento, duecento... donne che mi chiamano e che mi vogliono e che vogliono sentire da me le solite parole 'ti penso, ti voglio, sei mia, voglio conoscerti... mi manchi... dove sei?'... E tutte quelle donne e quei corpi, cosce, tette, visi, occhi si confondono e durante il sonno tornano come un tormento. E allora ti devi alzare, devi collegarti e devi andare a vedere a parlare con loro, ad assaporare la loro pelle fatta di impulsi elettrici, a eccitarti nell'attesa di una risposta, a sentire l'adrenalina pompare durante l'arrivo del messaggio e della foto. Così arriva il mattino e durante l'orario di lavoro ti addormenti e non pensi ad altro che al momento in cui potrai di nuovo collegarti e guardare il video di turno o leggere le parole di qualcuno mille chilometri lontano che non sa niente di te, che non ti ha mai visto piangere o ridere o mangiare o ruttare, ma proprio per questo esercita il massimo dei poteri. L'emozione. Ah, sì. Schiavi di emozioni. Il cervello vuole la sua dose di adrenalina, e tu ricostruisci l'evento che l'ha provocata. Emozionante ricevere un messaggio nel cuore della notte dove Stella dice che ti pensa nudo sul suo letto. Solletica quella parte nascosta che preferisce sempre fuggire e nascondersi dopo aver distrutto. Non lavori quasi più. Non sei attento agli altri. Mia moglie che mi bacia e che mi abbraccia, mia figlia che sorride e che vuol tenermi la mano perché ha la febbre alta. E quando capisci che stai perdendo tutto, allora, a volte ti salvi oppure le cose peggiorano. Ti vergogni troppo per parlarne a un amico e nello stesso tempo minimizzi per non dover prendere coscienza del fatto che hai bisogno di aiuto.»

Riprende un attimo fiato e controlla la penna che ha in mano e che ha tormentato a ogni parola.

«In fin dei conti è un gioco che serve a scaricare la pressione di una vita che corre. Di una vita che a volte non ti guarda. Un gioco nel quale il tuo stomaco si stringe e si stupisce e si emoziona. Puoi baciare colli di pesca e accarezzare pelli di seta. L'immaginario riesce a bucare il reale. Altro che politica corrotta, religione, attentati, altro che turni di lavoro massacranti e persone a cui rendersi simpatico. Puoi essere chi vuoi. Puoi offendere e puoi sentirti un dio, uno schiavo o un angelo. Conti tu, e al diavolo il resto.»

Ecco, si ferma. Io ho l'ansia dentro la gola. Penso a Mirko, a Giacomo, a me.

«Ero in una chat erotica quando mia figlia mi chiese se potevamo andare a prendere un gelato. Stavo scaricando la foto di una donna che mi offriva i suoi seni. Aveva sei anni, mia figlia. Faceva caldo. Nello studio avevo azionato un ventilatore, lei era davanti alla TV. Non so quante volte me lo aveva chiesto. Io non sentivo niente. Cioè la sentivo, come un rumore di sottofondo. La sentivo e poi mi dimenticavo.»

Si ferma a guardare una foto sulla scrivania. Non

vedo, ma immagino ci sia sua figlia. Magari che gli manda un bacio.

Gli occhi sono asciutti, quasi arrabbiati.

«Senta, io non voglio...»

«Ascolta. Non so perché Fabio mi abbia chiesto di raccontarti. Ma io di lui mi fido molto più che di me stesso. È stato lui a ritrovare Federica. Sono stati lui e Luna a salvarmi.

«Mia moglie rientrò. Era ormai buio. Chiamò Federica. Poi chiamò me. Nessuno le rispose. Mi trovò davanti a uno schermo nel quale una bella signora metteva in mostra il suo lungo collo e le spalle nude la bocca aperta ad accogliere, i seni liberi.

Federica non si trovava. Cominciammo a cercarla prima in casa, poi in giardino, poi per la strada, poi...

Si interrompe perché la voce gli trema. Abbasso la testa e mi sento da schifo.

«Basta, adesso. Il resto credo te lo abbia raccontato Fabio. È andato tutto bene, e io ne sono fuori. Si può farcela. Anche se a volte ti senti dannato e daresti la tua anima per ricominciare. La volontà a volte vacilla. Però c'è un modo. Un modo c'è. Ognuno deve trovare il proprio. Vedi questo computer... vieni a vedere il monitor.»

Mi alzo e giro intorno al tavolo. Sono stordito. Sullo schermo c'è in funzione il programma Excel. Quasi subito però appare la foto di una bambina che sorride vicino a un cane. Ha un vestito strappato e il sorriso tirato. Il cane sembra sofferente.

«È la foto di quando mia figlia è stata ritrovata... un paio d'ore dopo. Ce l'ho stampata in mente, ma la tengo qui. Ogni tre minuti appare. Per me è un buon deterrente. Ora ti saluto, Roberto. Mia figlia fra poco mi telefona e voglio parlarle in libertà... sai quelle che sembrano sciocchezze del tipo 'piccolina', 'la mia principessa'...»

Sorride e mi tende la mano. Mi sento più rilassato e cerco l'uscita.

Capisco bene perché Fabio mi ha portato qui. Ha creduto che fossi dentro le foto porno, le chat, i siti di sesso facile. O forse no. Forse il contrario. Ha capito che non c'entravo niente con quella roba, ma ha voluto farmi vedere come si può diventare. Cosa è possibile distruggere. Cosa è possibile perdere per sempre. Come è facile arrivare al gioco della guerra vera. Si può dipendere da tante cose. Alcune non fanno male. Altre uccidono il corpo, altre annientano la mente. Ho brividi sparsi e penso che i belli possono essere terribilmente brutti. Marcella sarebbe contenta di questa stupida frase.

Forse Marcella non l'ho persa per sempre. Come Giuliano non ha perso sua moglie e sua figlia. C'è uno stop da qualche parte per tutti. Ce ne possono essere diversi. Un stop alla volta per riprendere in mano la propria vita ed essere contenti, ed essere veri.

Quindi esiste la possibilità di stare a un incrocio e di prendere la strada per Santiago. Sulla strada per Santiago ci sono tante persone, e tu sei uno dei tanti, e molti hanno bisogno di te e a volte tu hai bisogno di loro. Magari della loro borraccia o del bastone che ti offrono. Se accetti diventi davvero libero. Se accetti il tuo passo diventa più leggero e possibile, perché il tuo passo non tradisce.

Fuori il vento è caldo. Arriverà presto l'estate. Ho come bisogno di buttare via tutte le parole e tutte le immagini. Ho bisogno di avere accanto a me il profilo imperfetto e bellissimo di Marcella. Controllo il cellulare. Nessun messaggio. Nessuna chiamata. Respiro. Il giardino è fresco e invitante. Luna corre intorno alle aiuole inseguendo piccioni e passeri; seduto sulla panchina di legno, Fabio la guarda mentre fuma una sigaretta. Poi volta la testa, mi vede e mi sorride. Mi chiama per nome. La sua voce è gentile e tranquilla.

«Per favore, come sta Marcella?»

La voce di noi due

Così è questa Radio Sosta.

Ci siamo passate davanti un paio di settimane fa, ma non immaginavo fosse qui la radio più ascoltata della città.

Al telefono una ragazza ci ha detto che potevamo andare tranquillamente. L'editore, cioè il responsabile della radio ha parlato con la prof. Alisei, il 'generalissimo'. Anzi, ha specificato la ragazza, Francesco, lo speaker, ci avrebbe aspettate.

Giorgia è super eccitata. Dentro una radio. A dir la verità lo sono anch'io.

Arriviamo con il 14, l'autobus che arriva proprio fuori città. L'indirizzo dice via della Posta 12. E in via della Posta 12 troviamo un villino con la facciata stile liberty con le vetrate colorate e i balconi pieni di fiori. Sulla colonna in pietra davanti un vialetto, la targa ci dice che è l'indirizzo che cerchiamo. Non so se facciamo la cosa giusta. Ma chi lo sa cosa è giusto e cosa è sbagliato? Chi davvero sa quando stiamo per farci del male, quando organizziamo ogni cosa per sentire dolore, per tormentarci magari? Sto rimandando una cosa che devo fare. Parlare con Roberto. Ascoltarlo davvero. Sto sbagliando alla grandissima. Lo so. Sto facendo la scena della ragazzina tradita che crede di fargliela pagare con il silenzio. Questo silenzio fa impazzire me.

La rabbia ormai è diventata meno feroce. Anzi, quasi silenziosa e stanca. Ho chiuso tutto con un ragazzo che per due anni mi ha accompagnata a scuola, mi ha toccato i capelli, mi ha baciata e accarezzata, si è preso cura di me. Due anni, e una foto su un cellulare ha avuto il potere di spazzare via i compiti di matematica che trovavo risolti, i fiori che mi nascondeva nello zaino e le lettere e le passeggiate e i gelati mangiati e le sere sotto le stelle abbracciati ed eccitati.

Come ho potuto? Cammino dietro a Giorgia e mi ripeto: come ho potuto? E d'improvviso ho fretta di andare via, di trovare un posto tranquillo per telefonargli, per sentire la sua voce bassa e morbida, per dirgli vediamoci presto, subito, voglio capire ascoltare sentire sotto la mia mano la tua barba ruvida e guardare dentro gli occhi punte di pepe.

Anzi, lo faccio subito.

«Ehi, dove vai?»

«Vai tu, io non vengo. Anzi ti raggiungo più tardi. Devo fare una cosa importante.»

Mi prende per il braccio e tira.

«Cavolo, se ti muovi ti arriva un calcio. Andiamo, guardiamo, parliamo e poi fai la tua cosa importante. Ha aspettato fino adesso e certo può aspettare ancora un po'.»

La frenesia svanisce e penso a Giorgia e a quanto ci tiene. Okay, tra mezz'ora, amore. Mezz'ora e ti chiamo e ti sento. Quanto voglio vederti. Abbracciarti. Amore. Dio, sono settimane che ricaccio indietro questo nome e adesso arriva prepotente, e potente buca ogni cosa. Ho i brividi alle gambe. Forse sono i peli che ricrescono dall'ultima ceretta. Ridacchio. Cretina. È l'emozione che mi dà la decisione di avere ancora una possibilità.

Il vialetto diventa un piccolo giardino con due aiuole che circondano platani. Dal portone del villino un ragazzo esce e si accende una sigaretta. Giorgia chiede informazioni. Entriamo. Aria condizionata. Nell'atrio una ragazza dietro un bel tavolo in legno parla al telefono. Alle pareti il logo della radio: un calesse fermo davanti a una stalla e due cavalli che brucano. La sosta. Il fermarsi. Non ascolto molto la radio. In ogni caso so che questa è particolare, famosa per i suoi programmi a carattere sociale e di informazione. Forse un po' noiosa.

La ragazza allontana il telefono dall'orecchio e ci chiede se abbiamo bisogno. Giorgia mi sussurra che ha anche urgente bisogno di un bagno. E poi aggiunge che è proprio vero che la radio è il regno degli imperfetti. Accenna alla ragazza con la frangia che risponde al centralino. Effettivamente appartiene più al cassetto dei poco curati. I vestiti sono etnici, ma la fasciano, e la pancia esce prepotente. I suoi capelli sono intrecciati e mettono in evidenza un viso abbastanza squadrato.

Ci accompagna al di là di un corridoio stretto e poco illuminato in una stanza dove subito i colori cambiano. C'è la vetrata colorata sul giardino che cattura e trasforma la luce. Quando ci parla, capisco perché si trova lì. La voce. Prima non ci avevo fatto molto caso, ma ora al posto dei monosillabi utilizza frasi complesse per raccomandarci di non entrare nella stanza accanto dove uno speaker sta registrando una pubblicità e di attendere sedute sulle poltroncine perché Francesco arriverà presto.

La voce è una meraviglia. È una cascata d'acqua e uno zampillare di fontana, fontana di acque profonde. La sua voce attrae e le parole escono chiare e senza sbavature. Non ha inflessioni. È solamente affascinante. La guardo quasi incantata finché non sorride, e allora sposto lo sguardo imbarazzata. Lei deve esserci abituata. Si presenta. Veronica. Poi riprende il corridoio. Io e Giorgia ci sediamo ad ascoltare la musica che arriva da dietro una porta.

Ascolto e mi perdo. Voglio telefonare a Roberto. Il cellulare è tra le mani e vibra. Un messaggio. Il cuore mi fa le capriole e lo stomaco si contrae. È lui, deve essere lui. Non vedo niente intorno. Apro il messaggio e leggo. Mms segreto. È strano. Cosa significa? Apro la busta e non vedo proprio niente. Una foto nera. Poi capisco che è scattata al buio. Mi alzo. Giorgia mi chiama, sento la sua voce sussurrare: «Dove vai? Non fare casino.»

Sotto la luce al neon del corridoio distinguo riflettori e un palco. Un concerto. La foto di un concerto. Chi cavolo...? È inconfondibile. Quel casco tenuto sotto il braccio. Un casco con impresso il simbolo del fulmine. Quanti ce ne possono essere a un concerto? Accanto al casco una mano. Una mano che abbraccia il casco, e il braccio e le dita si dividono. La testa gira un po', ma non è la sola cosa a girare. Ci sono mille e mille punti indefiniti che vorticano. Il ragazzo nella foto preso di spalle in mezzo ad altre centinaia di ragazzi è Roberto. Quella addosso a lui non lo so. Dai capelli sembra Marta, una sua compagna di scuola, ma non posso giurarlo. Non posso giurare niente. In un angolo del cervello c'è la domanda: chi mi ha mandato la foto? Ma scompare dentro il dolore, di nuovo, che palla, che palla che sono a soffrire le ragazze tristi lasciate abbandonate che devono ricominciare ad affrontare il giorno da sole senza baci senza carezze senza sms che fanno il solletico al cuore. Che stupide le ragazze così, che pensano 'Oh, oh cosa ormai farò? Come potrò vivere senza di lui?' Il mondo gira e le guerre uccidono, e il buco dell'ozono si allarga e un tizio che ha partecipato a un reality guadagna in una sera il doppio dello stipendio mensile di un minatore e c'è qualcuno che ancora piagnucola perché il tuo ragazzo ti ha piantata per una che per strada fa girare nove teste su dieci. Che palle! Ma dico... Marcella. Marcella. Tu sei Marcella. Io sono Marcella. Capito? Quella brutta con il fratello bellissimo. Okay? E Roberto è andato. Volevi pure telefonargli? La foto è stata provvidenziale. Grazie, amico o amica infernale. Ho evitato un'altra umiliazione. Forse erano sufficienti.

Bene.

«Ma che fai? Ehi, c'è Francesco...»

Giorgia sorride, rossa sulle guance come l'avessero pizzicata.

Chiudo il cellulare. Gli occhi. Chiudo la porta che avevo aperto piano piano. Due mandate con la chiave e mi giro. E sorrido. «Ciao, Francesco. Io sono Marcella.»

«Lo so chi sei.»

Non mi stupisce niente, ormai. Francesco è il ragazzo incontrato al parcheggio, quello a cui Teresa-madre aveva rubato il posto macchina e che aveva riso di gusto a una battuta di cui non ricordo il contenuto.

Giorgia lo guarda e lo mangia con gli occhi.

«Venite pure, vi stavo aspettando. Un giro rapido per la radio e poi ci sediamo a bere un'aranciata.»

Sorride e cammina. Sulla fronte i capelli lisci si arricciano leggermente. Deve avere vent'anni o poco più.

«Siamo un po' in fibrillazione. Venite a vedere.»

Entriamo in una stanza piccola con diverse luci e un grande tavolo dove c'è un mixer e un computer portatile. Seduto davanti al computer un ragazzo.

«Sandro, fai vedere...»

Lui si gira e si toglie gli occhiali come per mettere a fuoco. Annuisce e si sposta dal computer facendo scivolare la sedia munita di rotelle. Sullo schermo titoli di canzoni che non faccio in tempo a leggere, ma in fondo alla pagina scorrono parole.

«Sono gli sms degli ascoltatori. Guardate. L'*Elogio alla bruttezza* che ho letto in trasmissione ha scatenato una piccola rivoluzione.»

Il braccio di Giorgia artiglia il mio.

«Enzo, 22 anni. 'Ecco una bella sferzata di novità. Ma chi sono queste brutte? Vorrei proprio conoscerle.'

«Serena, 15 anni. 'È come specchiarsi. È così. Dove sta il cassetto per me?'

«Monica, 25 anni. 'Bravi continuate così.'

«Gaia, 16 anni. 'Ho pianto mentre leggevi *I brutti e il deserto*.'

«Marco, 14 anni. 'Ho le orecchie a sventola. Mi chiamano Dumbo. Aiuto.'

«Sonia, 16 anni. 'Era ora... La TV usa le belle fino a farle diventare brutte.'

«Francesca, 17 anni. 'Bellissimo. Grazie.'

«Maurizio, 36 anni. 'Ho una figlia di 12 anni. Tormenta tutti perché dice di non essere bella. Grazie.'

«Ce ne sono almeno un centinaio. E le telefonate non cessano. Veronica al centralino smista. Avete conosciuto Veronica, vero?»

Pronuncia il suo nome in modo diverso. Con affetto. Con qualcosa in più degli altri nomi. Altri accenti, altri timbri. Intensità. Come vorrei... Capisco che Veronica sta dentro la sua mente. Ecco, un altro bello con una brutta dalla voce che non è solo sostantivo ma anche aggettivo e verbo e pronome.

«Sono stato a parlare proprio ora con l'editore. È entusiasta. Io vorrei leggere ancora alcuni brani. Se voi siete d'accordo.»

Osservo il computer che continua a mandare il testo di messaggi e vedo il cestino della carta. In silenzio, senza farmi accorgere, vi getto il mio cellulare. Guardo Francesco, il dj.

«Perché non osare con qualcosa di più? È possibile parlare con l'editore?»

Una radio

Mia nonna viveva con la radio perennemente in funzione. Nelle settimane che trascorrevo con lei e il nonno ascoltavamo insieme un programma alla sera di canzoni d'amore degli anni Sessanta.

Si tenevano la mano quando passava la canzone *Il cielo in una stanza* di Gino Paoli, sorridevano. Il nonno di più. Pensavo, Che strano, perché non la ascoltano dal CD. Però poi lo speaker raccontava un po' di Paoli e di altri cantanti di quegli anni e capivo che oltre la canzone volevano parole legate a essa per sistemare meglio i ricordi.

Guardavo quella stranissima radio di legno con le manopole marroni, grande come la scatola della mia Barbie con tutti gli accessori per una vacanza al mare (scatola mai aperta in realtà, perché ho sempre visto Barbie troppo bella per essere la mia bambola, troppo bella per poterci giocare), guardavo il centrino di pizzo che pendeva da un lato, poggiato sopra come per farla più preziosa, e ascoltavo le parole e la musica e la pubblicità di gelati, motorini, negozi di fai da te.

La nonna ascoltava anche un programma in cui si

leggevano poesie, non so se ci sia ancora e non so se lo ascolta più, senza il nonno a tenerle la mano.

Mi viene in mente tutto questo, stasera, e penso che da tanto non lo ricordavo. Forse non lo avrei mai ricordato se non fossi finita dentro gli studi di una radio.

Da piccola pensavo che le persone che parlavano e che cantavano stessero tutte lì. In fila, una dopo l'altra, ad aspettare di esibirsi.

Quelle voci. Ce n'era una in particolare che mi piaceva. Anzi, mi faceva battere il cuore più forte. Era una voce per niente potente, ma con dei toni dolci che incantavano, e parlava a tratti, come se scattasse. Immaginavo un uomo giovane con i capelli un po' arruffati, gli occhiali e il sorriso facile. Lo vedevo in piedi, a volte seduto davanti al microfono, che accompagnava le parole con i gesti.

Diceva 'buongiorno a chi mi ascolta', e poi rideva.

Quando tornavo a casa cercavo le frequenze di quella radio per ritrovarlo, ma la voce dolce arrivava disturbata da altre che si sovrapponevano. Dopo un po' mi dimenticavo.

Le vacanze dalla nonna erano accompagnate dalla magia di quella voce.

Penso che molte cose stiano dentro una voce. Non sono solo gli occhi a dire come siamo. Papà lo capisco bene quando è stanco, arrabbiato, felice, triste... basta che dica un 'ciao' e la sua voce è come se spiegasse 'giornata durissima oggi...'

Dentro la voce ci sono toni che dicono chi sei. Chi sei veramente. Senza bisogno di sforzarti. La voce è una cosa nuda. Già.

Mi chiedo quanti di noi ragazzi ascoltino la radio. Una radio. Io raramente. Mentre studio a volte lascio che la musica vada senza prestare troppa attenzione. Moltissime radio trasmettono quasi esclusivamente musica. I programmi, quelli in cui gli speaker parlano e argomentano e magari commentano le notizie, scrutano i fatti, le strade, la gente, adesso ho capito che non sono semplici da realizzare. La gente si annoia a sentir parlare di problemi. Vuole dimenticare. Vuole leggerezza. Così le radio credo si siano adeguate alla TV. La radio che ascoltava mia nonna... devo ricordarmi il nome e cercarla. Cercare la voce che diceva 'buongiorno a chi mi ascolta'.

«Te lo ricordi Belfagor?»

«Chi?»

«Belfagor. Il fantasma del Louvre.»

«Ah! Eravamo piccole e tu sei voluta andarlo a vedere ugualmente. Ho avuto gli incubi per settimane.»

«Avevamo dodici anni, Sophie Marceau era il tuo idolo. Però io poi ho visto anche i vecchi sceneggiati. Mia zia li aveva tutti, adora Juliette Gréco.»

«Non vorrai costringermi a vederli?»

«No, non preoccuparti. Ma mi è venuta un'idea.»

«Un'altra? Non ti è bastato proporre all'editore di condurre un programma radiofonico senza nessuna preparazione? Tanto dirà di no, però potevi pensarci invece di sparare.»

«Una maschera. Basta una maschera per essere potenti.»

«Cosa? Senti, Marcella, una maschera serve a non farsi riconoscere. In classe ora siamo una specie di prime donne. Non ho assolutamente intenzione di perdermelo. A proposito, perché non rispondi al telefono?»

Guardo la campana di bronzo e l'angelo munito di martello. Sul campanile il panorama è davvero straordinario. Io e Giorgia, adesso che ci penso, abbiamo sempre cercato posti che fossero in alto. Che l'altezza abbia a che fare con la bruttezza? Può darsi. Se stai in alto gli altri per guardarti devono tenere la testa all'insù, e la prospettiva cambia. Certi particolari sfumano, e poi chi ti guarda non va tanto per il sottile, la posizione è scomoda. Da sopra il campanile la piazza sembra un piatto di ceramica. Si muovono le persone, si incrociano e non sanno alcune di essere cibo.

«L'ho buttato. Il cellulare, dico.»

«Non andava?»

«Uhmm. Anche troppo.» Penso al camion della nettezza dove viaggia il mio cellulare. Con dentro i pensieri, le parole d'amore, gli insulti, l'affetto, lo stupore. Affidiamo i sentimenti a una cosa rettangolare che sta nel palmo di una mano. Affidiamo ogni cosa a un oggetto e mescoliamo. E ci abituiamo a mescolare.

«Ma sei matta davvero. Perché lo hai buttato? Come faccio a chiamarti, a sapere dove sei, a sapere cosa pensi, cosa provi...»

«Me lo chiedi. Io ti rispondo. Ci guardiamo e poi ci diciamo le cose. Abitiamo a dieci passi di distanza. Sarà più faticoso, ma sarà così. A casa abbiamo tutte e due il telefono fisso.»

«Tu non vuoi un cellulare? Guarda che non esiste. Stai facendo la diversa a tutti i costi. Non mi piace. Non mi piaci. Sei fuori tempo e fuori spazio. Vuoi forse farmi sentire in colpa per qualcosa? Vuoi forse diventare spocchiosa come tanti altri?»

Come faccio a spiegare? Come faccio? Non so bene neppure io, ma so che voglio provare.

«Un esperimento. Facciamo un esperimento. Sto senza cellulare fino a che... fino a che tu non mi dimostrerai che è essenziale per vivere. Essenziale. Va bene?»

Mi guarda. Guarda un'ameba. Prova quasi ribrezzo. Si sente tradita. Forse quello che voglio fare è eccessivo, ma i brutti non hanno niente da perdere. Figurarsi un cellulare.

L'angelo si muove. Gli occhi di bronzo scintillano. Affascinante. Il martello è spinto da ruote dentate che lo spingono verso la campana. Tra poco sarà l'inferno quassù, o il paradiso. L'angelo sembra cambiare espressione, insolente. Diventa un quasi folletto. Penso a quando farò l'amore. Farò sesso. Lo farò, ne sono certa, e anche presto... Non serve amare, non occorre il bene supremo. Occorre la voglia di farlo, e io ne ho.

Respiro forte e il primo tocco arriva. Giorgia è la prima a scattare giù per le scalette di legno elicoidali, ride e urla 'Scappa, scappa'. Si aggrappa al corrimano e io dietro di lei, mentre il secondo tocco arriva e io immagino l'angelo, l'espressione del suo volto che cambia di tocco in tocco, fino ad arrivare alle cinque. Vorrei che alla fine sorridesse con me.

Le prove

Ecco allora come fanno. Mi dicono 'Ehi tu, ma che cavolo... non vivi in questo mondo, sei fuori. Lo fanno tutti. Non c'è niente di male. Male. Il male. Cosa significa? Far soffrire. Ma qui non soffre nessuno, casomai si divertono. Un sacco di emozioni, adrenalina che pompa. Ecco il divertimento. Il rischio, il gioco per il gioco. Non è poi pericoloso come attraversare con il semaforo rosso. Non è poi pericoloso come buttare giù qualche pasticca. È un gioco senza controindicazioni. Non si fa male nessuno. La salute non viene compromessa. Lo fanno tutti per divertirsi. Finisce tutto con una risata, e forse non vogliamo tutti ridere? Dice balle chi parla di cambiare il mondo. Il mondo è tuo, se lo vuoi. Se sai come muoverti. Tutti vogliono il potere. Il potere non è per tutti. E poi e poi che stai a pensare... che stai a riflettere... ti deprimi.'

Il discorso quasi apocalittico viene dalla bocca di Mirko. Ma attorno a lui ci sono Giacomo, Paolo e Vittorio.

Fuori dal bar i tavoli sono vuoti. Stiamo appoggiati a un muretto che ha le pietre rosa e grigie. Qualche ciuffo d'erba viene fuori dagli interstizi. Penso al casolare dove tra pochi mesi andrò a vivere. Non mi sembra più così orribile.

«Vuoi venire con noi?»

«Dove?»

«Vedrai. Andiamo con Flavio che ha la macchina.»

Ho capito benissimo. Flavio ha l'automobile e non mi piace. Adesso, se fossi un uomo come mio padre, dovrei dire di no. No e basta, e andarmene di qui. Poi penso che non sono un uomo. Sono un ragazzo. Quasi disperato. Senza che avessi fatto o voluto fare davvero cose poco corrette, la mia ragazza ha chiuso con me. Senza parlarmi. Senza ascoltarmi. Come fossi un delinquente, come se avessi compiuto un reato. Cazzo, non ho fatto niente. E allora per un attimo penso che è vero quello che ha detto Mirko. Penso che è vero, e mi pento di averlo pensato. Però ormai il pensiero c'è. Come dice il prof. di filosofia. Il pensiero diventa parola e la parola oggetto, e l'oggetto diventa parte di te. Così senza rispondere li seguo. Flavio ha la portiera aperta per rinfrescare un po' l'abitacolo sotto il sole di maggio. Quasi giugno, ormai. Mi chiedo cosa ci facciamo tutti qui che tra poco più di un mese abbiamo gli esami di maturità. Ma la vita è una sola, no? E poi l'Opel Corsa di Flavio ha l'impianto stereo che fa venir fuori la musica come una miriade di pugni allo stomaco, alla testa, alle gambe.

Prima di salire mi dice: «Sei a posto?» Faccio il finto tonto. Sto imparando bene a fare finta. Salgo dietro e non penso. Meglio non pensare. La musica arriva come un proiettile e mi manda fuori coi timbri del rock metallico e con i pizzichi esasperati delle corde di una chitarra elettrica. La strada si fa sconosciuta. Giacomo e Mirko tormentano il cellulare.

Riconosco alcune cose: il ponte della sopraelevata dove passa la metro; i resti di un acquedotto etrusco o romano e i campi pieni di spighe quasi gialle con i papaveri in mezzo. Quasi fuori città, ma non troppo. Dove stiamo andando? L'automobile rallenta e si accosta alla strada. Il rock continua a suonare nella testa. Vedo materializzarsi una ragazza. Era quasi nascosta dagli arbusti. Non la conosco. Mai vista. Giacomo e Mirko si fanno attenti. Non la salutano neppure quando sale. Ha un paio di jeans lunghi fino al ginocchio e una canotta verde che le lascia la schiena bianca scoperta. Si accomoda vicino a me. Sento il calore della sua coscia contro la mia. Deglutisco a vuoto. Mirko ridacchia. L'auto riparte sgommando. Mi stupisco. Finora nessuno ha detto una sola parola. La ragazza gira la testa verso il finestrino. Ho un nodo allo stomaco. Lo stesso modo di voltarsi repentino di Marcella. Le somiglianze finiscono qui. Ha i capelli liscissimi e biondi, un profilo da bambina. Avrà meno di diciott'anni. O forse no. Le braccia magre, le mani lunghe con un paio di anelli d'argento. Chi cavolo sei? La domanda non arriva alle labbra. L'auto si ferma all'imbocco di una strada di terra. Flavio scende, e prima di scendere spegne la radio. Adesso il silenzio fa paura. Scendiamo tutti. La ragazza ride.

«Le facciamo qui le foto?»

«Perché no?»

«Ma dài, voi siete matti. Non ci sto.»

Adesso sembra molto sicura. Come se non fosse la prima volta, e probabilmente non lo è, e lo scemo sono io.

«Foto per il giornale della scuola, vero?»

La sua voce è acuta, sembra che voglia coprire la paura. Poi ridacchia come se avesse detto una spiritosaggine di cui solo lei coglie l'umorismo.

Guardo Flavio e poi Giacomo. Mirko è scomparso tra la boscaglia, torna qualche secondo dopo aggiustandosi i pantaloni.

«La casa è là... che aspettiamo?»

La ragazza – cavolo, ma che nome ha? – non si muove. «Forse è meglio un'altra volta. È pure tardi, Non arrivavate mai.»

La voce è sempre più acuta.

«Ehi, ma adesso ci siamo. Dài, qualche scatto. Come quelli che ti fai da sola. E poi le invii a tutti. Forza, Elisa. Che sei bellissima.»

È Flavio a parlare, le si avvicina e tira fuori dalla tasca un pacchetto di sigarette.

«Fumi?»

Sembra più rilassata. Ride e punta gli occhi sulle braccia muscolose di Flavio. Non prende la sigaretta. Vorrebbe essere abbracciata. Lui lo capisce e le circonda le spalle.

C'è aria che sale dal suolo. Aria di terra. Aria pesante. Pulviscolo e vento improvviso. Roteano le foglie cadute, si avventano sui tronchi di quercia. Sento l'acqua del fiume là accanto ancora più vicina, come se chiamasse altra acqua. Forse arriva il temporale. Che stronzo di maggio. La voce di Flavio spinge come il vento e li seguo. C'è un'ombra più scura che macchia la terra verde. Casa? Una specie di baracca abbandonata. Ce ne sono molte vicino al fiume. Un tempo i contadini avevano usato le sponde per farne orti o spazi per pollai. Poi un'esondazione dopo l'altra li ha costretti a lasciare spazio al corso d'acqua. Mio padre, sento per un attimo la sua voce che racconta mentre guarda dritto le colline e ha la mano ferma sulla canna da pesca. La natura non guarda gli uomini. Fa il suo mestiere. Gli uomini dovrebbero imparare a guardare meglio.

Adesso corrono tutti. Corro anch'io, cercando di cacciare via tutto il resto. Gli uomini dovrebbero imparare a guardare meglio.

La baracca ha una porta che è già aperta.

Elisa ride mentre entra, e neppure si guarda intorno. I suoi occhi sono solo per Flavio e la sua ombra.

Mirko ha in mano una digitale. La aziona e scatta il flash. Giacomo prepara il cellulare.

Elisa si mette in posa. Fa le facce. Flavio si stacca da lei. Brava, bravissima. Sei bella. Elisa. Molto bella. Nella tua scuola tra le ragazze sei la più bella. Perché non ti sdrai?

Lei guarda a terra e dice: «Non ci sono cacche, vero?»

È come una specie di sogno. Io sto vicino alla porta socchiusa. Elisa si tocca i capelli e poi cade in ginocchio. Nella baracca solo odore di umido. Niente altro che terra battuta ed erba secca. È come una specie di ragno. Un ragno che annoda e fila e aspetta la preda nell'angolo, mimetizzato. Un ragno che paralizza le prede. Sento di non poter muovere molto le gambe, e nemmeno di riuscire a parlare. Eppure la preda non sono io. O forse mi illudo di non esserlo.

Il ragno riprende a muoversi ed Elisa lo segue con gli occhi. Giacomo le va sopra con la macchina e scatta.

Una foto senza vestiti. Una sola. Dài, Elisa. Con un corpo come il tuo. Non deve parlare ancora per convincerla. Lei si slaccia il bottone dei jeans, il rumore riempie uno spazio piccino, e li cala fino alle ginocchia. Mirko e Giacomo scattano di continuo e sembrano volati via. Poi senza dire niente Elisa si siede toglie la canotta e dice: «Non sono male le mie tette, vero? Quando mi fotografo da sola però non riesco a prenderle tutte e due. Troppo grosse.»

Nessuno risponde. Solo lei ride, ed è un riso isterico.

Flavio si toglie la cintura dei pantaloni e le va accanto. So benissimo cosa sta per accadere. Lo vedo in sequenze dettagliate. E le sequenze provocano una specie di stordimento e un vuoto allo stomaco.

«Ehi, basta così.»

Devo averlo solo pensato, perché tutti continuano a fare quello che stavano facendo senza neppure guardarmi.

Adesso anche Flavio ha i jeans calati. I flash sono uno al secondo. La porta si apre di botto per una folata di vento. È quasi scuro, il cielo. Sento l'abbaiare di un cane lontano. Penso a Luna. Il pastore tedesco. A Fabio, che la guarda correre. A Giuliano, che tutta notte guarda le foto di Elisa che si toglie la canotta mentre sua figlia chiede un gelato.

Penso che io non sono assolutamente bello. Basta un passo verso la porta per avere cento passi. Cento passi da fare lontano di lì. Meglio cento e uno, e non tornare più indietro.

In onda

Così l'editore si è convinto. Quasi non ci speravo. Quasi ne sono delusa, o meglio spaventata. Francesco è agitato. Siamo nella stanza dove andremo in onda tra meno di cinque minuti.

Giorgia continua a mangiarsi le unghie. Io, io come sto? Non lo so. Forse non ho più gambe e testa, perché mi sento leggera. Strano, adesso che è il momento non ho più paura. Penso a ciò che mi ha condotto qui e non ho paura.

Ieri sera io e Giorgia siamo entrate in un sito per adulti. È stato semplice. È bastato registrarsi con un nome falso e dare una falsa data di nascita. 'Superba' ha preso vita e nel giro di cinque minuti sono arrivati inviti e mail alla nuova casella di posta elettronica.

Possibile che sia così semplice? Insieme alle mail foto. Foto di bocche femminili, foto di genitali femminili, foto di uomini vestiti di boxer attillati, foto di uomini nudi, particolari di genitali maschili, particolari su particolari dell'anatomia umana usata per scambiare sesso, per avere sesso. Subito, e con qualche fantasia di commento.

Giorgia si è spaventata.
«Questo non l'avevo mai visto.»
A me veniva da incazzarmi moltissimo. Però quelli erano adulti. Già, adulti. Gli adulti possono fare queste cose. Ho pensato ai fumetti porno. No, l'esempio non regge. Queste sono persone vere non disegni. Non abbiamo risposto a nessun invito. Era un esperimento. Facile visitare i siti per adulti, anche per due minorenni. Facile prendere un appuntamento e poi magari farsi del male, tanto male.
Tutto molto facile. Troppo. Le relazioni si sono semplificate, eppure i divorzi aumentano. Capisco cosa si cerca. Via dalla fatica quotidiana. Così non ci sono impegni. Così si evitano le complicazioni. Anche la lavatrice è stata ideata per evitare la fatica del lavare. Esempio da vomito.

«Che vada a mille, ragazze. A duemila, a quanto potete. Non vi preoccupate. Tenete le cuffie e parlate al microfono. Guardate Mario al di là del vetro. Vi farà cenno se allontanare o avvicinare il microfono dalla bocca. Vediamo come va. Okay?»
Francesco ha in mano la programmazione della trasmissione. Una trasmissione mia e di Giorgia. Cioè di D e D, Dora e Donatella. Nomi falsi, voci false. È stata questa la cosa più dura da far accettare all'editore. Ma alla fine si è convinto. Siamo in prova. Dora e Donatella, voci metalliche. Gli ho fatto l'esempio di Belfagor... lui mi ha guardata stranito e ha incollato gli occhi ai miei. Allora io ho riso un po' e gli ho spiegato che era una metafora. Funziona meglio se nessuno sa chi siamo. Possiamo essere brutte, bellissime, deformi o nane. La maschera della radio non basta. Molti riconoscerebbero le nostre voci, e un programma del ge-

nere non deve dare nessun volto a chi ascolta. Se lo devono costruire, immaginare.

L'editore si chiama Carlo. Sembrava preoccupato. Ha riguardato il numero delle telefonate e degli sms ricevuti durante la lettura dell'*Elogio*.

«Impressionante, neppure durante la trasmissione dei commenti alle ultime elezioni abbiamo ricevuto tanto consenso.»

Si era slacciato un paio di bottoni della camicia e aveva incrociato le gambe sotto il tavolo.

«E va bene. Proviamo. Una puntata. Proviamo e poi decidiamo. Questa è una radio che vive della pubblicità di negozi e di piccole industrie. Non ci sono sovvenzioni. Non possiamo permetterci di perdere i nostri clienti. In genere i giovani ascoltano la radio nel pomeriggio. A metà pomeriggio direi che potrebbe andare. Avete preparato la scaletta? Bene. Andate con il programmatore musicale, insieme potrete decidere le canzoni da mandare durante la trasmissione.

«Avete pensato a un titolo? *La voce di noi due* potrebbe andare bene. E una sigla. Ci vuole una sigla. Riconoscibile, particolare. Mischiamo le voci metalliche con le voci di ragazzi e ragazze che parlano. Utilizziamo l'*Elogio alla bruttezza* e cominciamo a commentarlo...»

Una specie di furia, avevo pensato. Un motore che parte singhiozzando e dopo pochi giri riesce a rombare come una Ferrari.

Abbiamo fatto le prove con Gemma. Una delle prime speaker di Radio Sosta. Nella stanza che doveva essere stata uno studio ci ha raccontato la fortuna di Radio Sosta. La fortuna di avere avuto in dono il villino da un'anziana signora senza figli i cui ultimi anni di vita erano stati rallegrati dall'ascolto di emittenti radiofoniche. Ci fa vedere uno scaffale dove è conservato un gran numero di apparecchi. Alcuni mai visti, con le manopole enormi e annerite, altri a forma di cilindro di legno chiaro, e poi quelli squadrati con la linguetta in ottone che segna la frequenza scritta con numeri romani.

Bellissimi.

Gemma continuava a parlare e a spiegare quanto la radio fosse stata importante nella vita di molte persone, e che le prime trasmissioni erano tutte in diretta, tutte preparate in pochi giorni, ed era molto tempo che non accadeva, e insomma stava *fibrillando*.

Anche io e Giorgia fibrilliamo. Però l'idea è buona, lo sento. La realizzazione è più difficile, ma sono tutti d'accordo che è una cosa buona. Non tanto per la novità. Questo mi piace. Non si deve cercare la novità a tutti i costi. La novità è usare quello che si ha, in modo magari diverso. Come far diventare abito da sera un pareo.

Così è l'ora. Le 16:50.

Penso a mia madre e a mia zia che stanno ascoltando. Alla mamma di Giorgia. Sono le uniche persone a sapere. Hanno dovuto dare l'autorizzazione. Mia madre quasi piangeva mentre firmava. Mia zia la prendeva in giro. Papà mi ascolterà dall'automobile nel traffico del rientro dal lavoro. Massimiliano è all'università, ha detto che ascolterà la registrazione. Mi ha baciata sulla guancia e mi ha sussurrato 'merda'. Poi il suo telefono ha squillato e lui se n'è andato. Hanno giurato di non dire niente a nessuno. Nessuno deve immaginare che siamo noi, altrimenti non funziona. Anche il personale di Radio Sosta ha dovuto fare una specie di promessa all'editore. È importante che non si sappia che siamo le stesse che hanno scritto la relazione... Almeno per ora.

Da dietro il vetro, Maurizio, il regista, apre la mano. Ancora cinque minuti. Ci siamo allenate tutta notte a parlare evitando gli uhmm... ehmm... allora... le vocali che si allungano quando si cerca una parola. È difficilissimo. Giorgia rideva di me e poi mi incoraggiava, e io le tiravo i cuscini. Cretina, prova tu... Accidenti, lei è più brava. Le parole le vengono fuori fluide, e poi la sua voce ha qualcosa che morde e che mi piace molto. Peccato davvero distorcerla. Abbiamo provato a leggere un passo della *Divina Commedia* – Paolo e Francesca – e a ripeterlo senza guardare troppo il testo scritto. Un disastro. Abbiamo poca memoria. Alle due, credo, ci siamo addormentate.

Francesco prepara la voce, beve un bicchiere d'acqua e ne offre anche a noi. Veronica è dietro il vetro. Anche gli altri che lavorano alla radio e che non abbiamo avuto neppure il tempo di conoscere si sono riuniti distanti dal vetro che separa le stanze, attenti. Sto sudando. Si insinua l'idea malvagia che è tutto troppo stupido per funzionare. Che è tutto troppo utopico. Il mondo è sempre stato dei belli, dei sani, dei più perfetti. Quelli che hanno superato la selezione non erano storpi, ciechi, non erano impacciati e insicuri. Erano cacciatori. Predatori. I brutti sono solo prede. Mario alza il pollice. Mi sono dimenticata: vuol dire ancora un minuto oppure siamo in onda?

La voce di Francesco che saluta. E io che penso a Belfagor. Penso anche alla *Divina Commedia.*

«Buon pomeriggio da Radio Sosta. Qui è Francesco che vi parla. Ma Francesco stasera non è solo. Ed è anche emozionato. La nostra Radio si arricchisce di un nuovo programma, un programma rivolto soprattutto a voi ragazzi e ragazze in ascolto. *La voce di noi due*. Che può diventare la voce di cento e speriamo mille di noi. In studio, vere conduttrici del programma, D e D. A tra poco, rimanete con noi. Chiamate qualcuno insieme a voi.»

Il segnale ci dice che è partita la musica. Francesco si muove sulla sedia come fosse stato spinto da un uragano. Ci sorride.

Dalla cuffia arriva la sigla del programma. Sopra la base di *Torno subito* di Max Pezzali, la voce di Francesco.

«Se volete dare un'occhiata al mondo: *La voce di noi due.* D e D a Radio Sosta, 89.90 dalle 17 alle 18 di ogni giorno. La tua voce è qui.»

Adesso tocca a me. Tocca a noi davvero,

«Ciao a tutti, io sono Dora»

«Ciao, io Donatella.»

Voci orribili. Vibrano con l'intensità di forchette cadute a terra.

«Come avrete capito, queste non sono le vere voci di Dora e Donatella. Abbiamo preferito che siate voi a costruirvi nella mente i loro volti e le loro voci. La voce è l'elemento primario in una radio, l'unica cosa che può attrarre o distrarre. A te, Dora.»

«Oggi vi invitiamo a essere trasgressivi. Una trasgressione delle più coraggiose. Fate un complimento a una persona brutta.»

«Già, rifiutate di esercitarvi con i vostri amici al tritabrutti.»

«Hai mai visto, Dora, una brutta o un brutto lamentarsi di un bello?»

«Be', a dir la verità sì.»

«Davvero? E Come?»

«Noi due per esempio, diciamo che sono stupidi. Ma è solo un modo per difenderci.»

«I belli non sono stupidi? Davvero?»

Francesco ride. Lo sento nelle cuffie. Poi interviene.

«Due ragazze un po' più giovani di voi hanno scritto una relazione davvero originale: *Elogio alla bruttezza*. Ne ho letti alcuni capitoli in radio e molti ascoltatori hanno apprezzato. Voi cosa ne pensate? Perché è da elogiare la bruttezza?»

I volti al di là del vetro sono tesi. Non stiamo andando bene. Non è questa ironia da quattro soldi che ha valore.

Giorgia risponde, e io mi preparo alla voce che stride.

«Forse perché dura molto più a lungo della bellezza?»

La sua battuta cade nel vuoto. Non è questo, non è questo. Compare la testa di Carlo, l'editore, ha lo sguardo nel vuoto. Non stiamo catturando nessuno perché non siamo vere.

«È questo mondo così sistemato, con questi cassetti, che rifiuta chi non risponde ai canoni, che non rispetta chi magari ha una piccola imperfezione o un handicap o chi vuol vivere impegnandosi e faticando. A nessuno piace la fatica. Ma a volte è necessaria. Per migliorarsi. Devi essere giusto in un certo modo, e devi essere fuori in un certo modo... se sei giusto o sei fuori in modi diversi, gli altri non ti considerano.»

«E così, Donatella, tu ti senti *come*?»

La domanda mi prende allo stomaco. Anche se era prevista nella scaletta, più o meno. Come mi sento io...

«Spesso uno schifo.»

«E perché?»

«Perché mi arrabbio moltissimo.»

La voce dello speaker nasconde una quasi risata.

«Okay, non rispondere subito. Mandiamo una canzone. Intanto potete inviare i vostri sms al 345 677848 ed esprimere le vostre opinioni. Se volete telefonare

Veronica vi risponderà al 234 67545. Qui è radio Sosta, Francesco che oggi non è un dj. E si riposa.»

Le facce dietro al vetro si rilassano un po'. Dalla cuffia sento la musica della sigla e poi Tiziano Ferro che canta *Ti voglio bene*.

Non siamo in onda.

Giorgia è concentrata sul foglio della scaletta.

«Ho capito cosa hai voluto fare. Hai ragione, sembravano due oche che starnazzavano frasi fatte. Non possiamo raccontare di noi, però, tutti capirebbero.»

«È vero, però possiamo raccontarlo come se lo avessimo saputo da altri, come se ce lo avessero raccontato.»

«Non funziona, Marcella.»

«Ti dico di sì. Per favore, seguimi almeno per un po'.»

Arriva Veronica. Ha la faccia sconsolata.

«Solo 3 sms. Chiedono di cambiare voce o passano ad altre frequenze. Tutti e tre. Il terzo ha aggiunto: 'tutto qui?' Mi spiace, ragazze. Potevo essere meno bruta le, ma qui non si usa. La radio deve sopravvivere.»

Se ne va, ma prima aggiusta la cuffia a Francesco che la guarda con beatitudine. Questo è un amore.

A Giorgia viene da piangere.

Un altro sogno sfumato. Un'altra possibilità andata via.

Di là dal vetro non c'è più nessuno. Scomparsi. Abbiamo altri venti minuti di diretta e poi tutto sarà finito.

Francesco ha la faccia triste. Mi sorride lo stesso. Forza ancora non è detta l'ultima parola. Forse molti sono impegnati con i compiti. È una giornata di sole e moltissimi saranno a spasso.

Io so perfettamente che non è questo. So perfettamente che siamo noi due che non funzioniamo. E so perfettamente che anche Francesco lo ha capito.

Il regista alza due dita. Due minuti. Poi si china verso il mixer.

Aspetto a testa bassa l'okay e attendo che Francesco ripeta l'introduzione.

«Una volta una mia amica aveva un ragazzo. Era un ragazzo bellissimo. Lei non lo era, ma questo ragazzo diceva di amarla molto. Diceva che era bella in ogni respiro. Così lei piano piano ha cominciato davvero a crederci che per i brutti ci possa essere una speranza. Ha cominciato a guardarsi di più allo specchio e ad avere cura di sé. Ha scelto abiti che non nascondano il suo corpo, si è tagliata i capelli, nel giro di due mesi è dimagrita un po', ha camminato molto e ha osservato tutto e ha visto che anche le cose imperfette sono amate da alcuni. Ci ha creduto. Ha aperto il cuore. Si è fidata. Si è affidata. Ha sorriso e ha cercato di non aggredire più gli altri, ma di ascoltare.»

Sento la mano di Giorgia intrecciarsi con la mia. Sento che sto facendo la cosa giusta, una volta tanto. Non avremo più occasione di stare in una radio, ma almeno che questa unica volta che abbia un senso.

«Così questa mia amica viveva il suo amore ed era felice perché si sentiva amata. Non è bella, non ha mai avuto molte amiche, non è mai stata invitata volentieri a una festa, non ha mai baciato prima un ragazzo, non ha mai pensato altro che a essere dura come il granito per allontanare il dolore di sentirsi essere messa in disparte. E l'umiltà di chiedere aiuto.

«Ma ora pensava che tutto questo era servito a essere così totalmente felice.

«Finché un giorno non ha scoperto che il suo ragazzo si vedeva con altre e la tradiva.

«Ecco, in quel momento, quando l'ha scoperto, ha capito che l'errore più grande l'aveva fatto quando si era dimenticata chi fosse. Quando si era illusa che poteva essere amata e amare. Quando aveva creduto che il brutto anatroccolo potesse trasformarsi in cigno. E si sa, gli anatroccoli possono solo diventare anatre.»

«Sono Dora e continuo io, perché la storia la conosco e l'amica di Donatella è anche amica mia. Ci sono ragazzi che si divertono con un gioco terribile. Il terribile è che sembra innocuo: si passano foto da un cellulare all'altro. Foto a volte rubate a volte no, a volte scattate ad arte per... promuoversi. Sì, per invitare qualcuno a farsi avanti. Le foto girano per un po', a volte vengono caricate negli spazi delle chat e ciò che prima era privato o indirizzato a pochi diventa di tutti.

«Il gioco viene giocato da molti, e alcuni ne rimangono schiacciati. Alla nostra amica è successo che ha scoperto una di queste foto nel cellulare del suo ragazzo, e per lei è stato uno shock. Ha scoperto un mondo quasi parallelo.

«Il terribile è anche che molti lo fanno perché questo li fa sentire più belli, più desiderati, più seducenti.

«Ma anche molti adulti trascorrono tanto del loro tempo a guardare foto di donne e di uomini e di ragazze e ragazzi che sorridono e invitano ad appuntamenti, a un sesso felice e senza problemi. Lo fanno di nascosto. Di giorno sono padri o madri che lavorano che vanno al supermercato e che parlano di politica, di consumi, di letteratura... di sera, di notte o quando hanno tempo diventano navigatori insaziabili e perdono cognizione del tempo e dello spazio. Non lo confiderebbero mai agli amici, magari durante una cena in pizzeria... E allora si può capire che questo non è un gioco. Un gioco non porta vergogna.»

Giorgia smette di parlare. Io non potrei aggiungere una parola perché non ho più la voce. Mi tolgo la cuffia. Di là dal vetro il regista ha la testa bassa. Vedo le ombre di altre teste. Sono tornati tutti. Alcuni di loro trascorrono parte della notte in chat. Almeno immagino. Oppure no, magari leggono poesie o magari preparano il pranzo per il giorno dopo o magari dipingono, o magari tengono abbracciata stretta la propria compagna o il proprio amore. Ma ormai non importa. Lasciamo lo studio di registrazione in silenzio. Sono le 18:00. Francesco si riprende, saluta e manda la canzone di Jovanotti.

Ormai l'angelo del campanile avrà cominciato il suo lavoro di martello davanti a tutti. È meglio che torni a casa.

Pensieri liberi

Io la rapisco. Sì, mi faccio prestare una macchina. Mi apposto sotto casa. No, meglio all'uscita della scuola. No, scartare. Non si esce da scuola di sera. No, meglio la notte. La patente, non ho ancora la patente. Con il motorino. No, non viene bene. Ne ho metà, di patente. Promosso ai quiz. Bocciato alla guida. Be'. Non ho visto un divieto d'accesso. Cioè, l'ho visto, ma per la strada una ragazza camminava e da dietro somigliava a Marcella. Mi sono distratto. Rischio. Chi può prestarmi un'auto? Nessuno. Prendo quella di mio padre. Non se ne accorgerà fino al mattino. Ecco, sì. Farò così. La seguo, poi la blocco mettendo di traverso l'auto. Scendo veloce, la trascino dentro e quando si è ripresa le parlo. Le dico tutto. Che io non c'entro. Che sono anch'io bastardo, ma con le foto, con i video non c'entro. Sono andato in quella baracca perché ci si comporta da stupidi quando si sente tanto dolore e quando sembra che non ci sia più niente da fare per riavere il tuo amore. Le dico 'Marcella sono anche arrabbiato con te perché non hai voluto parlarmi, ascoltarmi. Ho mandato mille messaggi, ti ho telefonato centinaia di volte, ho provato a venire a casa tua'.

Sono arrabbiato, ma innamorato. E non voglio che finisca così.

Bene. Programmo. Prima l'auto. E se fosse in compagnia di Giorgia? Mica posso prendere tutte e due! E se lei urlasse come sa fare? Sarebbe capace di picchiarmi a sangue veramente. So che potrebbe farlo. Però correrei volentieri il rischio.

Questa notte non finisce mai. Una cosa sola so. Durante questa notte deve arrivare la soluzione. Mia nonna mi ha raccontato della 'fuitina'. Al suo paese era quasi normale, un tempo. Anche ora a volte succede. Lui che rapisce lei che è contenta di essere rapita. Dopo alcuni giorni i due ricompaiono, a volte sposati.

Il fatto è che Marcella non lo sa. Io non posso sposarla. Però lo vorrei quasi. Meglio rimandare. Un'altra idea. Ci vuole un'altra idea. Un'esca. Un qualcosa di cui lei si fida e che non collegherebbe mai a me. Sì, sì, sì, sì... un'esca... canina.

Fuori onda

Mia zia mi accoglie con le braccia aperte.
«La mia piccola.»
Mi stringe forte e sento il profumo di viola.
Non ho voglia di parlare. È stato un fiasco totale. Ho deluso molti, soprattutto Giorgia che ci teneva tanto, e anche la mia famiglia.
Mia madre è in salotto. Mi dice «siediti». Mi accomodo in poltrona con gli occhi chiusi e stanchi.
«Hai fatto del tuo meglio. All'inizio no, diciamo che stavate annaspando...»
Sorrido.
«No, mamma, stavamo affogando.»
«Poi però... mi sono venuti i brividi.»
Prende tempo e cerca le parole da qualche parte.
«Certo che la tua amica deve soffrire.»
Non rispondo.
«Si soffre talmente tanto nel tradimento. Di solito chi subisce alla fine si sente in colpa. Non sono attraente. Non ho fatto la cosa giusta. Non ci ho messo l'impegno. Ho sbagliato... Potevo...»

Apro gli occhi e la guardo. Mi viene in mente che forse anche lei è stata tradita. Penso a papà. No. Non è possibile.

«Papà non ti tradirebbe mai.»

Lei aggiusta un cuscino, si alza e si siede sul bracciolo della poltrona e poi mi circonda le spalle.

«Marcella, a volte prendiamo una via, nella mente dico, dove mettiamo a posto le cose a modo nostro. Mettiamo i santi, gli eroi, gli ideali, le emozioni e i sentimenti, e spesso pretendiamo che tutto sia immutabile, che tutto sia come vogliamo noi, così stiamo più tranquilli.»

Non capisco.

«La realtà però ci fa vedere che qualcosa è diverso. Che gli eroi sbagliano, che gli ideali a volte devono essere modificati, ma non per questo gli eroi non rimangono punti di riferimento e non per questo gli ideali perdono la loro importanza.»

Capisco. Papà l'ha tradita. Forse tanto tempo fa. Come ha fatto a sopportarlo?

Sobbalzo al rumore del portone che si apre e poi si chiude con un tonfo.

Massimiliano ride e viene ad abbracciarmi.

«Allora, dimmi, com'è andata, mia Belfagor?»

«Male. Pazienza.»

«Okay, ci hai provato. Senti, c'è una persona che ti cerca.»

Arrivano le nuvole e arriva il temporale. Non voglio parlare con Roberto. Non saprei cosa dire. Anzi, peggio: piangerei come un vitello, e questa è l'ultima cosa da fare.

«Ti ricordi di Fabio e di Luna?»

Mi rilasso. Come potrei dimenticare? Annuisco.

«Sono qui fuori. Fabio vorrebbe portarti a vedere un

addestramento. Qui vicino. Gli avevo dato il tuo numero, ma mi ha detto che non riesce a chiamarti.»

Uhmm... già, ho buttato via il cellulare. Non dico niente. Mi alzo e vado verso il terrazzo. Mamma lo ha riempito di gerani parigini che sono pieni di boccioli. In estate è bellissimo perché i colori esplodono e il terrazzo sembra un vero giardino.

Vedo l'automobile ferma sotto, dal finestrino il muso di un cane si affaccia e segue con gli occhi la gente a passeggio.

«Va bene, vado.»

Mia zia mi sorride e mi bacia sulle guance.

«Buona fortuna. Parto stasera. Destinazione Lisbona. Quando torno andiamo insieme una sera in discoteca.»

Ride e mi spinge verso la porta.

Sono già fuori con il sole ancora acceso. Fabio e il suo cane sembrano contenti di vedermi.

«Il campo di addestramento è qui vicino.»

Mi sento un po' in imbarazzo. Non so cosa gli abbia raccontato mio fratello.

Lui continua a parlare tranquillo, e mi calmo anch'io. Luna è sdraiata sul sedile posteriore, quasi addormentata.

«L'addestramento è 'dolce' e si basa sui premi, sulle lodi, sull'incoraggiamento e sull'affetto. Una persona che non ama il suo cane non può addestrarlo così. È un entrare in relazione. Una relazione di fiducia e di stima. E anche di buone crocchette.»

«Sembra più facile con i cani che con gli esseri umani.»

Rallenta per imboccare una strada a un incrocio e ride.

«No, è uguale anche per gli uomini e le donne. Non è semplice, ma è il modo migliore per costruire relazioni sane che durano nel tempo e che rendono contenti.»

Sospiro. Come si fa? Come cavolo si fa?

«E se uno dei due tradisce la fiducia?»

«Ah certo, succede e si torna un po' indietro. Poi con pazienza si ricomincia. Perché uno tiene all'altro. E se ci tieni non puoi mollare. È successo, a volte, che ho chiesto troppo a Luna, e lei allora non rispondeva ai comandi. Ho capito che dovevo conoscerla meglio, avere la pazienza di osservarla, capire i suoi ritmi e adeguarmi. E naturalmente non dimenticare i wurstel.»

Luna ha drizzato un orecchio. L'altro pende un po' all'ingiù. È bellissimo, quell'orecchio all'ingiù.

Fabio segue il mio sguardo.

«Avrei dovuto metterle una protesi un po' di tempo fa. Non l'ho fatto. Così ha perso dei punti nel pedigree, ma secondo me ne ha guadagnati in bellezza. Una piccola imperfezione che la rende unica e splendida.»

Lo dice con orgoglio, e sento le farfalle nello stomaco. Allora esistono le persone così. Quelle che sanno saltare i cassetti e sanno trovare la bellezza dove gli altri cercano la perfezione.

A una recinzione c'è appeso un cartello che segnala l'ingresso del campo a dieci metri. Oltrepassiamo un cancello e vedo una costruzione di mattoni bassa con un portico tutto intorno. L'edificio è in mezzo a dei campi recintati. In uno dei campi, attrezzi che sembrano giochi per bambini... grossi tubi colorati come tunnel, ostacoli e una specie di ponte con una passerella. Alcuni cani saltano gli ostacoli preceduti dai loro padroni. Certo, così si fa. Io che ti insegno sono il primo a farlo. Io che ti insegno ti do l'esempio. Io che chiedo la tua fiducia e il tuo rispetto, mi metto alla prova per primo. Dovrebbe funzionare così anche tra gli uomini.

Ci fermiamo. Fabio scende e fa saltare fuori Luna, che gli si mette accanto. Scendo anch'io e tutto avviene nella frazione di pochi secondi. Da sotto il portico si stacca un'ombra. Luna scodinzola e muove qualche passo. Lecca la mano dell'ombra. I cani amano i traditori.

Prima che faccia in tempo a girarmi lui è accanto a me. Mi sento afferrare per un braccio. Sento il suo odore. La testa mi gira un po'. Fa troppo caldo. Non c'è vento e detesto le giornate senza vento.

«Marcella... ti prego.»

La stretta al braccio si allenta. Potrei scappare. Ah, io corro veloce. Potrei farlo. La sua voce. Quasi supplica. Mi stacco, mi giro. La coda di Luna è una grossa virgola mentre si allontana e il movimento del corpo è in sintonia con il passo di Fabio.

Lo guardo. Da quanto tempo non lo guardo negli occhi. Non guardo i suoi occhi, il suo naso, le sue labbra. Così ho l'anima che balza fuori. Fuori dove non c'è chi ti umilia. Fuori dove si sta bene.

Lo abbraccio. Io. Sono io che lo abbraccio. E faccio bene. Anche se è preso da un'altra, da altre, faccio bene. Gli ultimi due anni con lui sono stata felice. Gli devo molto e molto ho preso da lui. Quando mi sentivo insicura, lui mi rassicurava e mi telefonava, e poi cercava di starmi vicino il più possibile. E la sua gentilezza, la dolcezza, e quel suo essere serio all'improvviso. In due anni una strada si fa. Una strada magari non lunghissima, ma il camminare insieme è importante. Un giorno abbiamo anche parlato di fare il servizio civile insieme. Di frequentare un corso di primo soccorso e poi magari di chiedere di poter lavorare con i servizi sociali. Un giorno abbiamo anche riso al pensiero di vivere insieme, io con i miei capelli crespi e lui con le sue creme idratanti. Un giorno abbiamo sognato lo stesso sogno, quello di poter trovare la mappa per arrivare all'isola che non c'è e poi di distruggerla.

Lo abbraccio ancora, e sento la sua testa sulla mia spalla che dice parole che non capisco. Le sue mani mi tengono senza trattenermi adesso. Mi bacia il collo e le tempie, e poi con le mani asciuga le lacrime. Le mie e le sue. Così si fa. Si piange qualche volta, durante il cammino, magari quando il cammino è finito. O quando è stato interrotto e bisogna ricominciarlo.

Mi bacia le labbra, di nuovo e ancora, ed è bellissimo se respiro il suo respiro.

Sento il vento che mi piace. Quello che punge i pori della pelle e solleva senza travolgere. Sento il vento e la pelle è percorsa da brividi.

«Ascoltami, non c'entro niente, ascoltami, io amo solo te, tu sei importante, tu sei il mio amore. Ascoltami e sentimi, e fidati. Fidati di me. Lo so che le cose sembrano diverse, ma fidati, non c'entro, Marcella. Forse potrei anche farlo, forse dentro di me c'è l'uomo nero, il mostro, ma ti assicuro, amore, non ho fatto quello che pensi.»

Lo bacio io, e faccio bene. Lo bacio con il ricordo dei suoi baci. Lo bacio dappertutto, sul volto, anche se sento la presenza di uomini e cani che stanno a guardare. Faccio proprio bene a baciarlo così senza vergogna, con la mia testa gonfia di pensieri andati di tele arrotolate e di muri alti e impenetrabili. Ah, è bellissimo baciarlo.

Un giorno penseremo a tutto questo e saremo tristi per un po'. Per un attimo.

Fuori onda... per ora

Fuori dal portone si sente l'odore di spezzatino.

Apro e il profumo mi avvolge. Inspiro forte e sorrido.

«Ehi, ciao, sono tornata.»

Non riesco neppure a fare un passo che arriva Massimiliano di corsa, dietro mamma e dietro papà.

«Cavolo, dove eri? Non rispondi al cellulare?»

Massimiliano ha la voce preoccupata. Quanto sembra diverso. Ora è spesso in casa, e pare contento di starci. A volte lo sento in cucina con mamma. Parlottano, ridono e lui racconta delle lezioni in facoltà, di un professore che sembra sconvolto dal cambiamento del clima e che parla in continuazione di catastrofi e di ghiacciai disciolti che diventeranno oceani e che inghiottiranno tutta la terra.

«Sei tutta arruffata.»

Papà sorride e cerca di sdrammatizzare.

«Non ho più il cellulare. L'ho buttato.»

«Cos'hai fatto? E perché?»

«Non lo so, cioè lo so, ma credo di aver sbagliato.»

«E ci credo. Col cavolo che lo ricompri.»

Mio fratello che sembra papà. Pazzesco.

«Giorgia non fa altro che telefonare. Devi richiamarla. Poi ti hanno cercata dalla radio. Ci hanno detto che al cellulare non rispondevi. Ci siamo preoccupati.»

Credo di aver avuto la dimostrazione dell'utilità di possedere un cellulare.

«Tutto bene. Vado a lavarmi le mani.»

Sento e sorrido alla battuta di mio fratello: «Il cervello, dovresti lavare.»

Ho fatto l'amore. E ho fatto bene.

Non importa se non succederà più. Ma cosa penso? Sì, sono proprio fuori. Non ho voglia di fare niente. Di ascoltare nessuno. Di parlare. Ho voglia di rannicchiarmi nel letto da sola al buio e stare a sentire il mio corpo così cambiato. Non ho capito le parole che diceva Roberto. Cioè, ho sentito qualcosa. Ma non riuscivo a concentrarmi. Sentivo solo che lui non c'entrava con le foto, con le chat, con i video. E sentivo che mi amava davvero. Ho fatto bene a fare l'amore con lui. Sembra tutto uguale. Braccia, gambe, pancia. Tutto come ieri. Tutto diverso. Ho capito cosa significa la parola fuoco. Chi ha dato un nome al fuoco doveva appena aver fatto l'amore. È così. Prende e dà calore e brucia e fa male e poi ti avvolge e fa bene e ti accartoccia e ti stringe, trapassa le ossa e poi respinge e prende il succo, il sangue, ogni cosa che è liquida e la condensa. Tutto si rapprende in poco tempo. Tutto si sogna e viene sognato, e poi gli occhi cercano di seguire le linee della fiamma, ma vengono rubate dal suo freddo colore. Il fuoco brucia e i suoi colori sono freddi. Una tela granulosa di cenere diventa il corpo. È bello averlo fatto così almeno una volta.

Ho tanta sete. L'amore mette sete. Il fuoco toglie i liquidi. In cucina tutti aspettano a tavola. Non è il caso di dire che non ho fame. Mi siedo e sento gli occhi di mio fratello addosso. Lui capisce. Lui ha capito. Non abbasso lo sguardo. Gli sorrido e gli mando un bacio attraverso la bottiglia di minerale.

Lui fa una specie di grugnito e comincia con lo spezzatino.

Il telefono squilla.

«Vai tu... è di sicuro Giorgia.»

Mi ero completamente dimenticata.

«Pronto.»

«Ehi, ma sei scema? Dove sei stata?»

«Grazie, mi ci voleva un insulto prima dello spezzatino.»

«È tutto il pomeriggio che ti cerco. Ti cerco. Hai capito? Giro con l'autobus per cercarti. Se tu avessi avuto il cellulare questo non sarebbe accaduto.»

Sospiro. «Hai vinto. Un cellulare è utile. Per farsi trovare ed evitare di venire insultati.»

«Senti, Marcella, devi venire alla Radio. Subito.»

«A fare cosa?»

«Eh già... non lo sai. Francesco ha provato a telefonarti, finché non gli ho detto che era inutile perché tu non avevi un cellulare. Mi ha guardata come se gli avessi detto che non avevi il cervello. E aveva ragione. Ha provato a casa. Niente. Insomma, dobbiamo continuare il programma. Sono successe molte cose. Moltissime. Pure una denuncia.»

«Cosa? Ci hanno denunciate?»

«No, non noi. Adesso muovi quelle gambe e chiedi a Massimiliano di accompagnarti. L'editore aspetta. Pure Francesco e pure... Sauro.»

«E chi è Sauro? Di quanto sono rimasta indietro in mezza giornata?»

Sta zitta.

«Uno che lavora qui come aiutante programmatore

musicale. Però è un perito informatico, si è diplomato l'anno scorso. Suo padre insegna Tecnica alle scuole medie, e sua madre collabora con la radio per i notiziari.»

«Ah, bene. Le mie orecchie sentono che hai approfondito la conoscenza. Sai anche quante volte si lava i denti in un giorno?»

Sta zitta mentre io rido.

«Sei una cretina. Però mi sembri felice. Capitato qualcosa?»

Silenzio. Lei non ci fa caso. È presa da 'un Sauro'.

«Lui però è carino da morire e a te io voglio bene. Siamo andati a bere una Coca nel bar fuori la Radio. Nient'altro. Però gli ho dato il numero del mio cellulare, che non butterò mai via. IO. »

«Ti ha detto che hai i denti più perfetti del pianeta?»

«Sei uno schifo.»

«Sei stata tutto il pomeriggio alla radio? A fare cosa?»

«Veramente sto ancora qui... a preparare le prossime puntate. Mentre la mia amica Donatella scompare a fare chissà cosa. Spero qualcosa di estremamente estremamente... sensuale. Scema. Arriva. E di corsa.»

Liberissimi pensieri

Le sarà piaciuto? Le sarò piaciuto? Ufff... lo spero, lo spero. Sarò sembrato impacciato? Sarò sembrato un imbranato? Pazienza. Chisseneimporta. È andata.

Uahoo. Yahu! Ah! Oh oh oh oh!!! Stupendo. Magnifico. Fatto. Oddio, se avessi qui un albero sarei capace di salire e scendere, arrampicarmi. Sono stordito. Stanco. Pieno di adrenalina. Stomaco quasi rovesciato. Chi se lo immaginava che fosse così. Così. Selvaggio. Cioccolato dolce. Bianco e nero. I racconti degli altri non reggono il confronto. Devo respirare meglio. Devo controllare il respiro. Il cuore pompa troppo velocemente. Il posto speciale. Ah, ah, ah. Amore mio dolcissimo. Ha trovato speciale il garage di casa mia. I miei non c'erano. Fuori con mio fratello per tutta la sera. Con la bici arrugginita di quando ero piccolo sopra la testa e una vecchia tenda distesa a terra e i poster di mio padre attaccati a una parete di quando tifava Bologna e non si è mai saputo bene perché... per noi Bologna è solo una bella città, niente altro. Nessun parente, nessun amico. Lui dice che era perché gli era simpatico il numero 10. Il numero 10 nel 1960. Ci sono cose che entrano nel cuore e ci rimangono, e superano ogni logica e ogni disordine che si può creare.

Così il mio garage può diventare la camera sul mare, sul lago, la finestra dove se ti va puoi vedere le stelle e i pianeti.

Amore mio dolcissimo. Ho voglia di raccontarti che sei bella. Che il tuo corpo mi emoziona e la tua pelle sta bene con la mia. Ho voglia di raccontarti che i tuoi riccioli pungono il viso e le braccia e questo mi fa sorridere e mi fa bene. Mi fa sentire unico. Dentro di te è stare con me. Con la mia parte migliore, quella che non diventerà mai un mostro. Quella che è un cerchio protetto dove i pensieri liberi sono liberi davvero perché non fanno male.

Ci avevo mai pensato che la libertà vera è quella che non produce dolore?

Io non voglio farti del male. Non voglio farti soffrire, non voglio. Si sbriciola tutto dentro di me, come le foglie secche calpestate, se ci penso. C'è un modo per non farlo. C'è, e lo troverò. Ho solo diciotto anni e un sacco di cazzate da fare, probabilmente. Ma mi impegnerò perché non facciano del male a te. A noi. Mi piacerebbe tanto sentire il tuo profumo di sonno, il calore del corpo tra le coperte e non mi stancherei mai di essere grato alla fortuna, al fato, a Dio, agli angeli di averti con me, di essere per me, di dormire e sognare vicino a me di litigare con me, di sederti e nel sederti di scegliere una sedia che sia vicina alla mia.

Amore mio dolcissimo, è quasi buio e all'orizzonte dei monti, dove è facile perdersi e pensare a cosa eravamo milioni di anni fa e pensare a cosa saremo, prometto di non darti mai per scontata, di far parte della tua vita raccontandoti come le pietre di una casa raccontano le storie delle vite, raccontandoti di casolari e di campi e di uomini disattenti e di ragazze il cui nome non sembra importante che vogliono sentirsi meno sole. Ti racconterò di me che ho cacciato il mio mostro che per un attimo si è affacciato ad annusare e ad allungare i denti da predatore. Se lo avessi lasciato, fare avrebbe divorato anche me.

Il brutto tra noi due sono io. Vorrei urlartelo, ma te lo racconterò e tu stavolta mi crederai. E spero mi perdonerai.

Ho voglia di sentirti. Ancora addosso, di fianco, sopra di me. In casa lascio che la luce del giorno se ne vada e non tocco gli interruttori. Voglia della tua voce. Questo cielo così trasparente con sotto tante cose che conosco e tanta incertezza e paure di ogni tipo.

Esco. Tanto non combinerei niente. Esco. Vado a comprarti un cellulare.

Boom!

Massimiliano si ferma al cancello del villino. Va a lavorare, stasera. Non ha aperto bocca durante il tragitto.

«Grazie del passaggio. Ciao.»

Sto per scendere quando sento il suo braccio che mi trattiene.

«Io... credo di aver esagerato prima. Però... eravamo preoccupati.»

«Lo so, ho fatto una stupidaggine con il cellulare, ma... difficile spiegare.»

«Capisco, invece. Capisco. La schiavitù. La ribellione alla schiavitù.»

«Più o meno.»

«Il programma alla radio... avete intenzione di parlare di questo, vero?»

«Ah, non lo so. Io non credo di essere capace di parlare di niente.»

«No, invece lo sai fare. Racconta. Racconta, Marcella, com'è quando cresci con un fratello scemo che per anni e anni insegue il mito della perfezione e quando cammina per strada è attento a ogni passo, è attento a come si muove, è attento che il suo corpo sia ben idratato e che sia vestito sempre con gli abiti migliori, che sia nutrito e lavato... così attento a sé stesso che non si accorge neppure di chi gli sta attorno. Un ragazzo che fa finta che la TV sia spazzatura, ma in realtà la segue come un rabbino la Bibbia. Racconta di un fratello schiavo del mito della bellezza. Un paio di anni fa misi le mie foto in una chat.»

«Anche tu?»

Mi viene così e non volevo. Davvero è così comune.

«Hai ragione. Banale. Chissà cosa credevo. Vedermi e farmi vedere senza guardare altro che me stesso mille volte clonato e mille volte uguale. Invece noi cambiamo in ogni istante e non siamo cose in vendita. Chi vorrebbe esserlo?»

La sua voce è bassa e molto dolce. Io capisco.

«Non sai quanto ne ha sofferto Cecilia, quando lo ha scoperto. Ne soffre ancora. E tutto perché? Per avere un pubblico che mi dicesse che ero bello, bello come un dio, bello da far paura. Avevano ragione. Da far paura. Tutto per avere emozioni nuove. Ma poi cosa ottieni? Emozioni... cos'altro? Niente, sai. Niente che abbia un senso come salutare mamma quando torna da un viaggio con quella matta di nostra zia, niente come poter accarezzare i capelli di Cecilia e guardarla mentre sceglie un panino.»

«Già, ho visto anch'io. A me ha fatto paura, sai. Ma credo solo perché non sono abituata. È una specie di stordimento. Di ubriacatura. Uno deve lottare tanto una volta che si è abituato. Molto.»

Mi guarda ed è bellissimo. Ora che si tira fuori. Che prova a vivere davvero. Non so cosa pensare. So solo che è un momento che non è un momento nel tempo, ma dove non c'è spazio e le lancette non contano niente, in cui stiamo tra quelli che si alzano alle sei del mattino per andare a scuola o al lavoro, tra quelli che sono contenti se un amico li viene a trovare, tra quelli che mentre salgono le scale non pensano sempre che è bello poter avere un ascensore, tra quelli che quando vanno a piedi in centro non pensano sempre che bello poter avere un'automobile, tra quelli che si chiedono quale sia il periodo migliore per raccogliere le more e tra quelli che si chiedono quante spighe di grano ci vogliono per un quintale di farina e tra quelli che non hanno conosciuto Bob Dylan ma quando lo hanno ascoltato cantare hanno detto accidenti che bello.

«Dài, adesso, vai. Ti aspettano. Io vado a lavare tazzine e a fare caffè variabili: lunghi, corti, decaffeinati, espressi, macchiati, corretti con panna, con cioccolato, con panna e cacao.»

È improvviso lo schiocco di un bacio sulla guancia.

Lo guardo e gli sorrido.

Scendo dall'auto. Prima che io chiuda la portiera i suoi occhi sono diventati due fessure.

«Attenta al sesso... Capito?»

L'auto si muove e rimango stordita un attimo sul marciapiede. Poi rido e mi stringo lo zaino addosso mentre le luci dei fanali si allontanano e si confondono con altre luci. Se avessi un cellulare chiamerei Roberto. Vabbe', lo chiamo più tardi. Entro e capisco che qualcosa è accaduto davvero. Confusione. Persone che si muovono di stanza in stanza. Giorgia appoggiata con il fondoschiena a un termosifone dell'ingresso e che parlotta con uno che le tiene le mani sulle spalle. Sembra felice.

Sembra 'un Sauro'.

Mi vede e diventa di brace. Ah, ah, ah.

«Marcella... finalmente.»

Mi abbraccia forte e 'un Sauro' si avvicina.

«Ciao, ti ho visto qui ma non abbiamo avuto il tempo di conoscerci. Ti aspettano tutti.»

È parecchie volte che oggi sento la stessa frase. Okay, vediamo cosa è successo. Mi preparo a ogni possibilità, con un mezzo sorriso, e il ricordo di Roberto che mi accarezza la pelle nuda. Bah, meglio evitare il ricordo anche se non lo allontano. Non lo allontano mai da me.

«Eccoti, finalmente.»

Carlo, l'editore. Agitato. Confuso. Cammina verso di me come se volesse acchiappare una farfalla.

«Dovete andare in onda. Tra dieci minuti. Okay? Troppo bello.»

Fa dietro front e a due passi si accorge che non lo seguo. Ritorna indietro aggiustandosi gli occhiali.

«Adesso non farai mica la preziosa. Okay... parleremo del contratto. Domani. Adesso vieni. L'Associazione 'Non Mi Ricordo Cosa' dopo la trasmissione ha sporto anche una denuncia contro i siti nei quali si mostrano immagini adatte solo a un pubblico adulto e che non avvertono che le chat sono destinate agli adulti, ma soprattutto non controllano i dati. È troppo per noi. Sembra un sogno.»

Lo seguo e sto zitta. Aspetto. Ho imparato a non avere fretta. Ad avere meno fretta, diciamo.

In sala registrazione Francesco sta commentando l'ultimo album di Vasco. È in piedi e cammina tra le due sedie. Mi vede attraverso il vetro e mi saluta. La luce sopra la porta è rossa. Non si può entrare. Carlo entra lo stesso. Prende dal tavolo dei fogli e poi li osserva, e mentre li osserva si... illumina.

Me lo trovo dietro le spalle che mi spinge verso lo studio. Adesso ha la voce bassa, ma il tono concitato.

«Allora, andate in onda fra dieci minuti. Questo devo averlo già detto. Veronica ha messo insieme una scaletta di massima, ma potete andare a ruota libera, per oggi. Da domani a ogni trasmissione avremo un ospite, e quindi la scaletta potrete farla insieme.»

«È sicuro di volerci ancora?»

Lo dico stupita sul serio. E lo dico sperando che mi risponda che tutto è uno scherzo e che sono adatta alla pulizia dei locali di una radio o in alternativa rispondere al telefono o in alternativa portare i cappuccini e le brioche o in alternativa ripulire il giardino dalle foglie.

Carlo mi guarda appena. Poi infila sotto i miei occhi i fogli che stava osservando.

Sms ricevuti per *La voce di noi due*: 349, in due ore.

Telefonate ricevute: 68, in tre ore.

Gradimento della trasmissione: Alto.

Richiesta di pubblicità prima dopo e durante la trasmissione da parte di 23 vecchi clienti, 35 nuovi clienti.

Accidenti.

Arriva anche Mario e un tecnico che mi microfona e fa lo stesso con Giorgia. Non proviamo neppure. Solo il tecnico sistema l'apparecchio che trasforma le voci in squittii orribili e ci chiede di parlare.

Dico: «Ciao, Giorgia amica mia, in che casino ci siamo messe.» Lei risponde: «Grazie, amica mia, ho capito che se vuoi cambiare qualcosa devi faticare e fare e non stare lì come un salame ad aspettare che accada perché non accade.»

Io dico: «Vabbe', mica te l'ho insegnato io. Però mi devi lo stesso una pizza.»

Il tecnico dice: «Va bene così. Orribili, ma accettabili.»

Il regista fa segno che manca un minuto.

Nessuno dice più niente.

Parte la sigla. Di là dal vetro il vuoto. Sono tutti ai loro posti di lavoro.

Francesco saluta il pubblico e annuncia che *La voce*

di noi due avrà cadenza giornaliera. Informa quali sono i numeri di telefono per poterci contattare in radio e augura buon ascolto perché il tema del giorno è così particolare da sembrare banale: cos'è la bellezza e cos'è la bruttezza. In studio D e D. Dora e Donatella.

«Salve a tutti. Siamo tornate. Grazie per il vostro gradimento.»

«Uhmm sì, grazie. Noi non vogliamo giudicare nessuno, Proviamo a raccontare ciò che vediamo accadere. Non sempre riusciamo a capire. E se c'è qualcosa di sbagliato, chiediamo scusa, ma vorremmo solo invitarvi a riflettere su quello che accade in internet, in TV, per la strada, in discoteca, nei pub... sul fatto che molte persone soffrono per quello che succede e forse si potrebbe evitare.»

«Già, cerchiamo altre persone che vedono quello che vediamo noi e magari pensano di essere sole e di non poter far niente proprio perché credono di essere sole... noi abbiamo provato a cercare, e proprio come succede quando sei incinta, che vedi intorno a te solo donne incinte, abbiamo trovato altri che stanno lavorando per capire meglio un fenomeno che spesso porta solitudine e sconforto.»

Guardo Giorgia allibita. L'esempio forse le è sfuggito. Ora torna indietro nel suo cervello e diventa tutta rossa. Io rido, cercando di non far andare in onda la risata. Per fortuna non siamo alla TV.

Penso ai miei nonni che si tengono per mano mentre ascoltano una canzone e lo speaker ricorda più volte il titolo e il nome del cantante.

Francesco annuisce verso la porta e prende la parola.

«C'è una telefonata, in linea. Prego. Pronto?»

Scariche elettriche e poi la voce. *La voce.*

«Sì, pronto. Buonasera a tutti, mi chiamo Roberto.»

Roberto??? Mi ha riconosciuta. Dio, com'è potuto accadere? Non ho parlato della radio. Mi sento sudata. Se capisse... Mi mordo la lingua. Come ho potuto. Non dovevo nasconderglielo. Ma non c'è stato tempo. Così improvviso. Così altro da pensare e da fare. Così urgente il desiderio di tenersi di nuovo per mano, di baciarsi, di appartenersi.

Giorgia mi guarda allarmata.

«Ciao, Roberto, piacere di averti in trasmissione. Allora, spara! Ah, ah, ah...»

«Volevo solo dire che ecco le due ragazze possono, se vogliono, considerare anche me come persona che cerca di capire quello che sta accadendo.»

«Bene, Roberto, ne saranno felici. Hai altro da aggiungere?»

«Sì, volevo dire che io mi sono considerato sempre molto bello. Sì, è la verità. Molto bello e in cerca di bellezza. Volevo a tutti i costi appartenere a quel gruppo di persone che ha la taglia giusta, gli abiti costosi, il taglio dei capelli all'ultima moda... ero molto attento all'aspetto perché solo così mi piacevo.»

«E poi?»

«Sì, c'è un poi. Ho incontrato una ragazza. La mia ragazza. Per fortuna.»

Respiro più forte, così forte che il regista mi fa un cenno brusco di allontanarmi dal microfono.

«Ecco, mi sono sempre stupito quando lei stessa e altri che conosco la definivano brutta. Per me lei è sempre stata bellissima. Ma un momento. Io non mi sforzo di vederla bella. Lei è bella. E mi fa sentire bene anche se sono spettinato e se indosso una maglietta da cinque euro.»

«Beato te che trovi magliette da cinque euro... esistono ancora?»

Ridacchiano in cuffia.

«È accaduto che per un periodo ci siamo allontanati. Volevo solo dirvi questo, in breve.»

«Bravo, Roberto. La radio non si può permettere tempi lunghi di conversazione. Non è la TV dove ci sono le immagini a trattenere.»

«No, non è la TV. Io non guardo molto la TV e ascolto poco la radio. Ascolto musica con il lettore iPod. In questo momento sono in un negozio che sta per chiudere e hanno la radio sintonizzata sulle vostre frequenze.»

«Complimenti al proprietario del negozio... stavi dicendo?»

«Quindi stavo dicendo che poco tempo fa ho ricevuto via cellulare una foto che riprendeva una ragazza, una giovane ragazza nuda... ho anche scoperto che è molto di moda inviare foto di questo tipo e farne. A dire la verità ero curioso, ma non davvero interessato, e comunque è successo un gran casino. In questi giorni ho potuto davvero scoprire cosa sono io di fronte a tutto questo... Ho assistito senza fare niente alla, diciamo, realizzazione di alcune di queste foto. La ragazza non so se fosse minorenne. Lo sospetto, però. Lei diceva che voleva farlo e che non era la prima volta. Però mi vergogno lo stesso di non essermi ribellato. E poi credo queste foto siano finite in una chat. Ho anche ascoltato un uomo adulto che raccontava di essere stato schiavo di internet e del sesso virtuale. In un sito ho letto che la chat può essere paragonata a un droga leggera, internet a una droga pesante. Chi lo diceva era una donna che comunque utilizza questi strumenti. Penso che alcuni possano davvero essere come intrappolati nella rete. I più giovani, ma anche le persone più fragili, sole, che magari cercano compagnia. E a volte credo sia davvero così. Altre volte però si inizia un gioco che pare innocuo, ma che spesso sfugge alla dimensione di gioco e si trasforma e fa del male.»

C'è molto silenzio. Sento le lacrime che scendono. Anche Francesco non sa cosa dire. Guarda la scaletta, ma Veronica non aveva previsto questo.

«Che dire? Grazie, Roberto. Cosa farai ora?»

«In questo momento sto comprando un cellulare per la mia ragazza. Lo aveva buttato via giorni fa. Però ha capito che è comunque utile se non necessario, e che siamo noi a dare il valore agli oggetti.»

«Certo. Allora buona serata. A presto. Tutti noi siamo a Radio Sosta... e un momento di pausa ci vuole davvero. La musica e le parole di Fabrizio De André per tutti noi.»

Devo riprendermi. Roberto che parla alla radio. Di me. Di noi. Sta comprando un cellulare. Per me. Ci devono essere situazioni in cui è possibile che la felicità sia in vendita a poco, come per i saldi di fine stagione.

Carlo apre la porta e prima bacia Giorgia e poi me.

«Brave, ragazze. Bravo anche tu, Francesco. Ricordati di mandare sempre il numero di cellulare per ricevere messaggi. Stanno arrivando le prime telefonate. Bravi. Bisognerebbe capire quale fosse il negozio di elettronica dal quale telefonava il ragazzo. Se non è nostro cliente, potrebbe diventarlo.»

Scappa via guardando dei tabulati. Esultante. Io sono ancora sotto shock.

Giorgia è uscita e parlotta con 'un Sauro' che le aggiusta la cuffia sulla testa e intanto le accarezza i capelli.

«Qui noi tutti siamo a Radio Sosta. Fermiamoci ancora un momento. D e D con *La voce di noi due*. Abbiamo appena sentito la testimonianza di Roberto. Cosa ne pensi, Donatella?»

Gli faccio cenno di no con la mano.

«Rispondo io. Sono Dora. È vero, ci sono molte persone che si lasciano andare in rete. Certo nessuno le giudica, nessuno sa chi siano. È come un boomerang, però. Le cose tornano indietro. Ma non è magia. È solo che in fondo non riusciamo a mentire del tutto e qualcosa di noi rimane intrappolato là e si mescola con la menzogna e alla fine è difficile gestire.»

«Certo, capisco. Ed è interessante. Per quanto siamo bravi a mentire, qualcosa di noi circola e interagisce. C'è una telefonata. Pronto, chi sei?»

Solite scariche. Poi una voce di donna.

«Il mio nome? Sexivogliosa.»

Io e Giorgia ci guardiamo. Francesco sorride. La voce è volutamente sguaiata.

«Vi ho sconvolto, stupidi bigotti? Scommetto che adesso attaccherete il telefono.»

«Non esiste. A meno che tu non ci insulti.»

«Perché, voi cosa state facendo? Insultate la maggior parte della gente propinando i soliti buoni propositi e i consigli del caso.»

Rispondo io. Con calma.

«Mai dato un consiglio. Casomai l'abbiamo chiesto. Chi sei?»

«Una che si mette in vendita in chat... sei svenuta?»

«No. Affatto. Conosco i siti, se vuoi in privato posso elencarti gli indirizzi.»

«Ah, ti sei informata. Hai fatto i compiti. E allora? Hai visto quante siamo? Anzi *quanti* siamo? Pure i maschietti non possono farne a meno. Ti sei chiesta perché?»

«Me lo chiedo spesso. Ma non ho le risposte.»

«Brava. Domande, solo domande. Non ammetti il divertimento. Non ammetti il sesso come divertimento, vero? Ci deve essere solo l'amore.»

«Penso di no, però è meglio. Ma non è questo che mi sconvolge, per dirla come te.»

«Già. Ti sconvolge che magari il tuo ragazzo o tuo padre o tuo zio abbiano usato le mie foto per eccitarsi e magari abbiano usato il mio numero di cellulare per sentirmi, calda, sempre pronta, sempre a loro disposizione. Io che porto loro l'emozione della possibilità di avermi. Loro mi vogliono così.»

«Schiava, cioè.»

«Ah, come ti sbagli. Gli schiavi sono loro.»

«Hai ragione. Rendi schiavi gli uomini.»

«Be', se non lo faccio io... sai quante ce ne sono. Le donne comuni, le ragazze comuni annoiano. Gli uomini cercano la trasgressione ogni tanto. E poi vengo pagata. La mia bellezza serve a qualcosa. E se non voglio, non vengo neppure toccata. Guardata e basta. Ascoltata. Lo chiamano 'internet addiction'... ti ho stupita, vero? Conosco il mostro. E so lavorarmelo.»

«Uhmm, certo. È un lavoro per i belli.»

«Ah, ah, ah... certo, chi ha la cellulite o le gambe a salame è meglio che non ci provi neppure. Però si può sempre trovare un feticista. Tu per esempio scommetto che sei brutta.»

«Può darsi.»

«Ti nascondi anche tu. Non è la tua voce questo suono orrendo, mi auguro!»

«No, non è la mia voce. Questa è una radio. Una voce è una voce. Mi nascondo anch'io, ma ho un motivo.»

«Anch'io ne ho. Più di uno.»

«Però se vuoi faccio abbassare una levetta di questo apparecchio e puoi sentire la mia voce. Lo faccio subito.»

Mario lo fa. Non esita.

«Ecco, questa sono io. Marcella. Diciassette anni. Molto bella. Tu puoi fare altrettanto?»

«Uhmm...»

«Rimani quindi Sexivogliosa che usa il vibratore in cam e viene pagata con ricariche telefoniche e vende il suo numero di cellulare o i suoi contatti, cioè altri nomi, anzi nick, per cento euro ogni venti ragazze che fanno sesso da sole davanti a una cam. Ecco, ti chiedo: ma ti diverti davvero? Quando la cam si spegne cosa c'è in più in te? Oppure... lo ritieni un lavoro? Quando mio padre va a lavorare ci saluta e la gente per strada lo saluta e sa chi è, più o meno, e sa che va a lavorare.»

«Stronza. Ho capito. Ho capito cosa vuoi dire. L'identità. Ah... sei un illusa se credi che adesso abbia un valore l'identità di una persona. Siamo merce. Tutti quanti. Anche tu, idiota. Non l'hai capito ancora che conta solo il denaro. Il denaro dà potere, e il potere è l'unica cosa che conta per non essere schiacciati.»

Francesco fa cenno di zittirmi.

«Non si può offendere. Okay?»

«Be', se l'è voluta. Ognuno è libero di fare quello che vuole. La felicità non esiste. Adesso riattacco, Mi sono stufata. E comunque hai una voce orribile lo stesso.»

Potrei risponderle. Capisco che ci sono cose che anche dicendole non ci crederesti mai. È necessario provarle. Viverle. Non ci accontentiamo delle esperienze degli altri, spesso, dobbiamo stare male noi per capire. O stare bene.

Tolgo il microfono e non aspetto i commenti di Carlo, non aspetto Giorgia e neppure il tecnico che ci tiene tanto a essere lui a sistemare l'attrezzatura. Esco in giardino. È buio, ormai. Devono essere le nove passate da un po'. Tra gli alberi una panchina, mi siedo. C'è un gufo che mi avverte che quello è il suo territorio e non devo rompere troppo. Un'ora fa ero felice. Ora no. Non lo sono. Non ho bisogno di niente e di nessuno, in questo momento. Mi sento viva e capace di vivere in questo mondo che a volte non capisco. Non so cosa sia la felicità. Come si possa sempre pensare alla propria felicità. Capisco meglio gli avvertimenti di un gufo che la realtà. Ma anche se non capisco, sono pronta ad attendere, e nell'attesa sono in grado di sostenere.

Il rombo di un motorino arriva insieme al rumore della ghiaia smossa sul vialetto.

Davvero? Roberto?

Mi alzo e aspetto che lui si tolga il casco, poi gli sono addosso.

«Non te l'avevo detto... mi hai sentita, vero? Non te l'avevo detto perché non ne ho avuto il tempo... non voglio nasconderti nulla.»

«Ehi, calma. Non importa. Figurati. Sono venuto a dirti che sei bella davvero. Che sei stata grande. Che sono così orgoglioso. Che mi sento e che sono innamorato di te. Di te. Marcella.»

Sorrido. Rido. Poi mi ricordo. Prendo lo zaino. Dentro lo zaino la scatola.

«Il regalo del tuo compleanno. Ormai è più di un mese che me lo porto dietro.»

Apre la scatola di cartone. Poi mi bacia. Poi comincia a tirar fuori un sasso.

«È un sasso di lago. Un anno fa, al lago, quando mi hai gettata in acqua ed ero vestita e io ho fatto finta di annegare e così ti sei tuffato in acqua vestito anche tu.

«E poi quello è il pezzetto di carta di una tovaglia di una pizzeria. La pizzeria Porta Sole dove mi hai baciata per sette minuti. Ci guardavano tutti anche se eravamo in terrazzo e praticamente al buio completo. Prima di partire ho scritto '7' sulla tovaglia e l'ho strappata.

«E quello è il biglietto del concerto di sei mesi fa. Mentre stavamo tornando ci siamo fermati in un giardino. Erano le 3 del mattino e non c'era nessuno. Abbiamo quasi fatto l'amore, quella volta.

«E adesso la pigna. Il pino che sta all'incrocio di via dei Fabbri. Abbiamo litigato fino quasi a insultarci perché tu dicevi che i governi si comportano tutti allo stesso modo e lasciano correre le ingiustizie e io ti dicevo che c'è speranza che ci sono uomini capaci. Non ci siamo parlati per un giorno intero. Io avevo preso la pigna da sotto il mio piede e me l'ero messa in tasca. Il giorno dopo l'ho tirata fuori. L'ho guardata e ho riso. Di quanto si può essere stupidi. Poi ti ho telefonato.

«E questo l'ho aggiunto. Un pezzo di tenda di casa tua. Del tuo garage. È venuta via tirandola un po'. Abbiamo fatto l'amore sopra quella tenda. L'identità delle cose, amore, ha un grande valore.»

Sto tra le sue braccia. Sto molto bene. Sento qualcosa scivolare nella tasca dei jeans.

Sorrido.

È un cellulare nuovo.

Giorgia

In classe tutti ci guardano. Con ammirazione. Il bello è che non me ne importa più di tanto. Certo, fa piacere. Ieri sera quando Marcella ha svelato chi fosse ho cominciato a ricevere messaggi sul mio cellulare. Non pensavo tanta gente ascoltasse la radio.

La prof. Alisei mi guarda. Sorride. Non dice niente. Continua a spiegare Pirandello. L'uno e nessuno e centomila che sta dentro di noi.

L'ho imparato bene. Senza enterprise mi sento meglio. L'ho salutato per sempre due sere fa, quando l'ho buttato nel secchio dell'immondizia, e in quel momento ho riso tanto perché ho pensato a Elio che lo ripescava sporco di fondi di caffè e di resti di insalata.

Ieri sera dopo la trasmissione sono anche uscita con 'un Sauro'. Quella scema di Marcella lo chiama così. È stata la prima volta che baciavo un ragazzo. In questo modo. Cioè con le labbra aperte e la lingua e il palato libero. Una cosa che mi è parsa quasi un miracolo.

Lui mi ha abbracciata stretta e mi ha sorriso.

Be'... credo di aver perso almeno un paio di etti.

Ha detto 'mi piaci molto'. Io non ho detto niente

perché ho pensato chissà cosa avrebbe detto se mi avesse conosciuta con enterprise. Ho mandato via il pensiero. È accaduto ora, e non posso condannarlo per qualcosa di cui non conosce neppure l'esistenza. A volte sono cerebralissima.

Quando sono tornata a casa sorridevo. Avrei voluto saltare. Avrei voluto dirlo a qualcuno, ma Marcella, la cretina, ha sempre il cellulare spento.

Ho trovato mio padre che riordinava la cucina. Mamma già a letto.

Mio padre mi ha sorriso e mi ha detto: «Trasmissione interessante, e voi due siete brave.»

Ho aperto il frigo e gli ho offerto un succo. Alla pera. A lui non piace. L'ho fatto apposta. Vendetta stupidissima. Ce l'ho con lui. Gli voglio bene, ma ce l'ho con lui. Riesco a capire, però a un certo punto svalvolo. Mi viene fuori la rabbia. Non capisco più. Non giustifico più. Si lascia usare dalle cose. Quale fragilità sta dentro in tanti adulti? Qualcuno una risposta deve averla. Deve darla. Non io. Non noi. Abbiamo diciassette, diciotto anni e non possiamo averle le risposte.

Dobbiamo avere la preoccupazione di baciare, o magari la preoccupazione per un compito in classe o per il lavoro che non c'è, per una sera in discoteca, stare attenti a evitare droghe e risse e alcol. Abbiamo un sacco da fare. Cercare di far sopravvivere le querce all'inquinamento, per esempio. Abbiamo tante cose a cui pensare. Che qualcuno si occupi del resto.

Mio padre... chissà cosa gli è preso. Poi fa finta di niente. Asciuga la pentola e intanto aspetta che il caffè riempia la tazza della caffettiera.

Mi viene così.

«Non ne bere troppo, non favorisce il sonno.»

Mi guarda e si ferma. Respira e poi abbassa la testa. Sa che io so.

«Lo metto nel thermos per domani mattina. Vado a dormire. Buonanotte.»

Se ne va, e io mi sento in colpa.

Uff... di che?

Però è così. Mi viene la tristezza. Non voglio condannare, ma è difficile mettere gli strati di comprensione quando è tuo padre a compiere ciò che tu non approvi. Eppure devo riuscire a scindere. Vedi, papà, quante cose bisogna fare. Qualcosa falla anche tu.

Spengo la luce. La cucina è buia. Il cellulare si illumina.

'Notte dolce a te che stai rubando il mio cuore. Il mio cuore rubato ringrazia. Ti abbraccio. Sauro'

Benedetti i cellulari.

Non solo numeri

Ci sono numeri che non è possibile ignorare. (da Rai news *del 7 giugno 2007)*

Poco meno della metà dei bambini tra i 7 e gli 11 anni passa davanti al piccolo schermo da una a tre ore ogni giorno mentre il 26,5% lo fa per meno di un'ora. L'8,3% da 4 a 5 ore e il 6,6% per più di 5 ore. Solo il 10% degli interpellati non guarda la televisione tutti i giorni.

Oltre 31.500 sono gli spot pubblicitari visti, ogni anno, dai minori. Quasi 90 al giorno. Tutto in televisione: sempre più compagna e amica dei piccoli spettatori. Lo rivela un'indagine realizzata da Telefono Azzurro con la collaborazione di Eurispes, presentata oggi in occasione del ventesimo compleanno dell'associazione per la tutela dei minori. Il campione si basa su 1.244 bambini fra i 4 e i 12 anni e su altrettanti ragazzi dai 12 ai 18. Ma non è solo la TV *a monopolizzare i pomeriggi dei bambini. Secondo l'indagine, infatti, la diffusione dei mezzi di comunicazione e delle nuove tecnologie ha assunto negli ultimi anni un ritmo inarrestabile. Naviga su internet il 48,2% dei bambini fra i 4 e i 12 anni. Uno su 3 si collega alla rete da solo e quindi in assenza di controllo. Un bambino su 4 afferma di essersi imbattuto in immagini sul web che lo hanno disturbato. Siti, videogiochi, ma non solo. Nella rete dominano le chat. E così si scopre che il 20,5% dei bambini è stato infastidito in chat da adulti.*

La Stampa *13-3-07. Cina: degli utenti al di sotto dei 18 anni, si stima che il 13%, circa 2,3 milioni, abbiano forme di dipendenza da internet, come indicato nello studio del 2006 del Centro nazionale per l'infanzia della Cina.*

L'Italia nel 2004 si colloca al primo posto nella diffusione di telefonia mobile: il numero degli abbonati supera il numero degli abitanti.

Con i numeri a volte bisogna confrontarsi e bisogna imparare a interagire.

Il mio esperimento è stato semplice... chattare, navigare... e stare attenta a ciò che accadeva.

Ho trovato un mondo parallelo che è originato da questo mondo. Ho trovato la voglia di trasgressione e la solitudine, la fragilità e la curiosità. Ho trovato molte persone che sono in cerca di emozioni. Evidentemente l'emozione del vivere ogni giorno non basta più. Forse perché non si vive davvero. O perché si inventa una vita diversa, costruita sull'immaginario e l'irreale sembra più vicino.

La TV *stessa rende spettacolo ogni evento per soddisfare le leggi dell'audience. In un'intervista, pochi mesi fa, un noto attore di teatro (che mi piace moltissimo) lamentava questa procedura che mitizza una persona e la lancia nel cinema o nel mondo dello spettacolo a discapito di molti che con serietà e studio attendono l'occasione di lavorare e di esercitare la loro passione.*

Non c'è dubbio di quanto sia stata utile la TV. *Di quanto lo possa essere ancora. Forse più che in passato. Ha insegnato a parlare in italiano in un Italia di dialetti dove difficile era la comunicazione, ha insegnato l'importanza dell'igiene personale, ha promosso lo sviluppo civile e sociale.*

Ma le abbiamo permesso un passo di troppo, forse. A volte dirige la vita di tutti noi, a volte fa scelte al posto nostro se restiamo passivi. Pensiamo ai tantissimi giochi che imperversano in ogni rete: ci fanno sognare guadagni facili. La realtà, lo sappiamo bene, è diversa. Pensiamo agli spettacoli dove le persone vengono filmate nella loro quotidianità e nella loro intimità. Pensiamo quanto piace guardare ciò che fanno, tanto che una volta che lo spettacolo è finito diventano subito personaggi da imitare, da seguire da una discoteca all'altra, da applaudire in un teatro dove firmano autografi e rispondono a domande. Ecco così il modello pronto per molti. Un modello unico per tanti. E questo fa dannare chi da quel modello è lontano anni luce. Magari potrebbe diventare un modello un volontario della Protezione Civile che addestra il suo cane al ritrovamento di persone scomparse, oppure un bravo impiegato che svolge il suo lavoro con cura e con responsabilità, o anche un insegnante che riesce a cogliere la differenza tra istruire e apprendere, oppure un bravo artigiano che si aggiorna e insegna la sua arte ad altri.

Non tutti possono diventare calciatori o ballerine o attori come non tutti possono diventare medici, insegnanti, ingegneri.

Ho riflettuto molto prima di scrivere queste pagine. Il progresso dell'uomo ha sconfitto molte malattie e la fatica; ha messo la gente in condizione di conoscere lo spazio che abita e con la conoscenza ha avuto l'opportunità di migliorarlo e di proteggerlo, ha dato una possibilità ulteriore al desiderio di esprimersi e di confrontarsi.

La rete è stata una delle più grandi rivoluzioni. Permette agli uomini di ogni angolo della terra (o quasi) di stabilire contatti, di scambiare informazioni, di conoscersi e di apprezzarsi e quindi di condividere progetti e idee.

Sono stati gli stessi uomini però, a lasciar entrare, a lasciar circolare e agire di tutto. Senza operare scelte. Certo, le scelte non sono mai semplici, ma quando uno strumento diventa dominatore di chi lo usa, allora una scelta è necessario farla. In un blog una giovane donna confessa di essere dipendente da internet, (in America il fenomeno viene chiamato 'internet addiction'); definisce la chat droga leggera e internet droga pesante. Non le va di uscirne, dice, fuori è peggio. Non riesco ad accettare una vita fatta di quotidianità, senza il brivido e la trasgressione e il fascino del mistero. Qui hai l'idea che al di là del video ti stiano davvero ascoltando. Ascoltino la tua anima profonda. Ciò che nessuno, nemmeno tu stessa, vorresti ascoltare.

In alcuni dei blog che ho visitato ho incontrato molte persone che hanno capito la necessità di una rete più attenta e più rispettosa e mettono in guardia. Lo fanno con il linguaggio 'sciolto' e veloce di internet. Lo fanno bene.

Quando da ragazzina vidi un documentario sulle miniere e sul lavoro dei minatori, mi chiesi come mai l'uomo non aveva inventato macchine che lo aiutassero in quel lavoro massacrante. Sono state inventate. Il lavoro del minatore è durissimo, ma meno disumano.

Alcuni mesi fa ascoltavo un gruppo di persone che parlavano... in realtà non parlavano tra di loro, si lamentavano del fatto di non avere più tempo e intanto avevano fretta di scappare. Ognuno di loro pensava alla cosa successiva da fare e non si godeva la compagnia degli altri.

Abbiamo lasciato che una cosa via l'altra, un oggetto sopra un altro riempissero gli armadi, le dispense, le case, le pance e ci procurassero altro da fare, sempre più da fare, per continuare a riempire armadi dispense pance.

Ho pensato a tutto questo velocizzare... questo tempo da risparmiare... per fare cosa? È davvero così faticoso e 'disumano' sfogliare un'enciclopedia per conoscere un evento o una data o il nome di una pianta?

E nel cercare e nello sfogliare, non acquisiamo abilità, e non ci addestriamo alla pazienza della scoperta che comunque occorre in ogni tipo di relazione sociale?

Ho pensato anche al molto sesso che si sbandiera, che si offre, che si propone, che si vende, che si commercia... davvero è un sesso soddisfacente, e davvero porta appagamento e gioia?

È così faticoso e frustrante guardarsi negli occhi, conoscersi, sorridersi e sì magari anche mandarsi al diavolo? Darsi appuntamento, aspettare, stare in ansia per un ritardo, mangiare un gelato e scoprire che si hanno gusti diversi... davvero abbiamo bisogno di saltare tutto questo?

Mi pongo domande e purtroppo non conosco tutte le risposte. O per fortuna. Per questo ho iniziato con i numeri. Sono dati certi. Tutto quello che accade nella rete lo è molto meno.

Da anni ripeto nelle scuole, nelle biblioteche, nelle librerie e nei luoghi dove mi invitano a parlare dei miei libri, che siamo noi adulti a dover proporre molteplici modelli. Bisognerebbe dare la possibilità di avere maggiori figure da stimare e da imitare. A volte scegliamo il male minore... ma se si provasse con il 'bene maggiore'?

Il bello non credo proprio stia nel personaggio. *Il bello è nelle persone. Il brutto è nelle persone. Giudicare non mi appartiene. L'errore fa parte dell'essere umano e non c'è da scandalizzarsi nello sbagliare. Questo è ciò che penso.*

Ecco, ora ditemi voi, sono pronta ad ascoltare.

Loredana

Ringrazio di vero cuore Francesco Ceccucci, dj, programmatore musicale e quant'altro di molte radio umbre. Mi ha aiutata a non dire grosse sciocchezze in termini di trasmissioni radio. Se eventualmente lo avessi fatto nonostante i suoi consigli, la responsabilità è solo mia.

L. F.

Teens

Caro Johnny Depp di Silvia Roncaglia
A piedi nudi, a cuore aperto di Paola Zannoner
Il mondo nei tuoi occhi di Loredana Frescura e Marco Tomatis
Elogio alla bruttezza di Loredana Frescura
Un anno dopo, l'amore di Loredana Frescura e Marco Tomatis
TVUKDB - Ti voglio un kasino di bene di Valentina F.
Solo in città di Olivia Crosio
Pesci volanti di Pierdomenico Baccalario ed Elena Peduzzi
La voce di noi due di Loredana Frescura

Teens International

Alicia e il cuore smarrito di Shari H. Grilli

È possibile ricevere il nostro catalogo
Fanucci News scrivendo a:
Fanucci Editore S.r.l.
via delle Fornaci, 66
00165 Roma
info@fanucci.it
www.fanucci.it

Stampato nello stabilimento grafico
«Legatoria del Sud» di Ariccia (RM)
nel mese di dicembre 2007